集英社オレンジ文庫

昭和ララバイ

昭和小説アンソロジー

ゆきた志旗
ひずき優
一穂ミチ
相羽　鈴

目次

光子と蛍子
ひずき優
005

ごしょうばん
一穂ミチ
049

35mm未満の革命
ゆきた志旗
085

私はバブルに向いてない
相羽鈴
145

光子と蛍子

ひずき優

古い菓子缶の中には、手紙や写真が、封筒に小分けにされて入っていた。

ひ孫の美月《みつき》が、缶の蓋《ふた》を手にしたまま顔を輝かせる。

「わっ、すごい！　本物のセピア色の写真だ……」

封筒からのぞく写真の束を手に取り、彼女はしげしげと眺めた。

一番古いものは、家の前で撮った家族写真だ。裏に撮影した日付のメモがある。

「一九二六年――てことは、昭和元年か……。大《おお》お祖母《ばあ》ちゃんもいる？」

問いに、枯れ枝のような指をゆっくりと持ち上げ、一番前にいる子供をさした。

「この子。……まだ六歳だったわね」

口ひげを生やし、ポマードで髪をきっちり七三に分けた父は、白い背広姿。母と自分は、母の手製のワンピースを身につけている。

「みんな洋装なんだ？　ハイカラだったんだね。おまけに洋館の家とか、カッコいい……！　ね、大お祖母ちゃん。このへんの写真、貸してくれる？」

大学の研究発表で、美月は戦前の日本の暮らしについて取り上げるのだという。そのための資料を求めて訪ねてきたのだ。

好奇心に輝く目に、短いボブの髪、大きめのノースリーブのシャツにワイドパンツを身につけた姿は、どことなく若い頃の自分に似ている気がする。

（わたしも若い頃、よく似たアッパッパを着たものだわ）

まぶしいほど若いひ孫に、ただでさえ細くなった目を細める。

菓子缶の中身は、介護施設へ移る際に整理した私物だった。長い人生を通して、決して手放すことのできなかった、ほんのわずかな物だけが詰められている。

美月は缶の底にあったA5サイズの封筒を引っ張り出すと、中から出てきたものに、また感嘆《かんたん》の声を上げた。

「これもすごい古そう！　何これ？　雑誌？」

「少女雑誌。子供の頃、大好きでね……」

表紙のイラストがことのほかお気に入りの一冊である。中原淳一《なかはらじゅんいち》が描いた昭和初期のモダンガールは、現在十八歳の彼女の目にどう映るのだろう？

「大お祖母ちゃん、これは？」

そう言って差し出されたのは、ひどく古びた一冊のノートだった。

「あぁ、これはね……」

説明しようとする端《はな》から、こみ上げる感慨《かんがい》に涙がにじみそうになる。歳《とし》を取ってからは涙もろくなる一方だが、そのせいばかりではない。

これまで幾度このノートを開いたことか。

懐かしいなどという言葉では語り尽くせない思い出が詰まっている。

チェック柄の布が貼られた厚紙の表紙を、歳のせいで痩《や》せた手でなでる。

「……これは日記なの」

「ふぅん」

美月が開くと、黄ばんだページには若々しい文字が並んでいた。万年筆で書かれている。

まだボールペンがなかった時代。

自分にとっては重くて暗かった時代。

(そういえば——)

遅ればせながら気づいた。この日記は自分が、今の美月と同じ歳だった頃の記録だと。

そして彼女と会った、最後の記録でもある——

※

どこかに行きたいと、蛍子《ほたるこ》はずっと思っていた。

ここは自分のいる場所ではない。

異国に行けば、きっと今よりも幸せになれるのではないか、と。

列車から降り立った櫻木町《さくらぎちょう》駅の構内は、灰色にくすんで見えた。

どんよりと曇った梅雨空《つゆぞら》のせいだろうか？　それとも、じろじろと無遠慮《ぶえんりょ》に向けられる、周囲の眼差《まなざ》しのせいでそう感じるのか。

灰汁色《あくいろ》の中折れ帽子をかぶった見知らぬ男が、蛍子の顔を目にしてチッと舌打ちをする。まるで縁起《えんぎ》の悪いものでも見てしまったというかのように。

「毛唐《けとう》の女か」

すれちがいざま忌々《いまいま》しげに吐き捨てられ、カッと顔が赤くなった。同時に胃がねじれるほどのくやしさを感じる。

いつものことだ。よくあること。――それでも、慣れることは決してない。

蛍子は下を向いて駅の構内を足早に歩いた。目指す場所まで歩いて行こうなどという考えは吹き飛び、駅前で円タクを拾う。

「ニューグランドまでお願いします」

小さな声で告げると、運転手は蛍子の顔にちらりと目をやり、黙って車を出した。

窓ごしに見た空は、やはり重く雲がかかっている。目に入る景色は全体的に薄暗かった。

三年前、父親の仕事の都合で引っ越して以来、久しぶりに帰ってきた街は、少し変わって見える。何より、以前は道を歩けば目についた西洋人の姿が、ほとんど見られない。しかし十分ほどで到着した目的地は、その限りではなかった。車から降りた蛍子は、ようやくホッと息をつく。

ホテルニューグランド。

横濱《よこはま》に滞在する西洋人の拠点のような場所である。彼らはここで食事をして交流を広げ、仕事や日々の暮らしに必要な情報を得る。

その分、日本人にはやや敷居の高い場所だが、本日の待ち合わせ相手にとっては、どういうこともないようだ。

（こんな場所を指定するなんて、さすがみっちゃんね……）

回転扉を押して入ると、中は二階までの吹き抜けになっていた。蛍子は慣れない足取りで紺《こん》の絨毯《じゅうたん》が敷かれた重厚な階段をのぼり、ロビーのある二階へ向かう。

二階もまた天井が高く、一面に絨毯が敷かれ、落ち着いた色合いのソファーセットが幾つも置かれていた。平日だというのに、半分近くが客で埋まっている。

きょろきょろとめぐらせていた視線が、客の荷物を運ぶボーイと重なった。

「………っ」

その瞬間、蛍子は反射的に身を固くする。——が、ボーイの青年は、ごく自然なほほ笑みを返してくるだけだった。落ち着いて、と自分に言い聞かせる。

蛍子は日本人の父と、英国人の母との間に生まれた。宣教師の娘である母が、両親とともに日本にやってきて父と出会い、結婚したのだ。

蛍子の、生まれつき波打つ栗色の髪も、高い鼻も、鼻筋の通った顔立ちも、すべて母譲《ゆず》り。ひょろりとのびた背丈は、大抵の男性よりも高い。

その外見のせいで、どこにいても悪目立ちしてしまう。だが西洋人の客が多いこのホテルでは、そういった心配もないようだ。

（もしかして、そう考えて気を利《き》かせてくれたのかしら？）

待ち合わせた相手の気遣いに思いをはせた、そのとき。

階段のほうから絨毯を踏むヒールの音が近づいてきた。

そちらを見やった蛍子は、一瞬にして気持ちを浮き立たせる。

「みっちゃん！」

「ほたるちゃん。ご免なさいね、待たせてしまった？」

みっちゃん——光子《みつこ》は、そう言って首をかしげた。つば広の真白い婦人帽の奥に、耳の下でそろえたフィンガーウェーブの髪がのぞく。

先日制定された国家総動員法により、巷《ちまた》ではパーマネントが自粛《じしゆく》傾向にあるというが、彼女は気にしていないようだ。

身につけているものも、光沢《こうたく》のあるシルクのスカーフに、婦人雑誌でしか見たことがないような、お洒落《しやれ》な濃紫《こむらさき》のロング・ワンピースと、うっとりするほどに華やか。ハンドバッグと、大人びたハイヒールの靴《くつ》は、深みのある赤である。

絵に描いたようなモダンガールだ。

「みっちゃん、相変わらず素敵……！」

蛍子の賛辞に、彼女は「ありがとう」と余裕の笑みを返してきた。

「ほたるちゃんは……年頃なのだから、もう少し明るい色を着たほうがいいわ」

瑞々《みずみず》しく輝く黒い瞳が、蛍子のベージュのカーディガンとスカートに向けられる。物申すような眼差しに苦笑で返した。

「わたしはいいの」

お洒落をしないのではない。目立ちたくないのだ。

そう、と軽く答え、光子は慣れた様子で空いているソファーを勧めてきた。自分も腰を下ろし、肘掛けに腕を置いて訊ねてくる。

「三年ぶりね。広島の生活はどう？」

小首をかしげての、落ち着いた口ぶりに歳月を感じた。昔の彼女は、活発な性格がにじみ出るような、朗《ほが》らかな話し方をしていたものだが……。

ひとりではしゃいでいる自分が子供じみて感じてしまい、蛍子は口調を改める。

「父共々、何とかやっているわ。横濱までいっしょだったのだけれど、仕事があるからって父はそのまま東京に行ってしまったの」

「今は海軍さんのお手伝いをされているのでしょう？　忙しいのは当然よ」

ゆったりとほほ笑む様は、自分と同じ歳と思えないほど麗《うるわ》しい。

子供の頃、ずっと彼女に憧れていたことを、蛍子は改めて思い出した。

どこから見ても日本人の美しい容姿。快活な性格。自信に満ちた言動――

光子は自分にとって、こうありたいと願う、理想の少女そのものだったのだ。


蛍子は八歳のときに光子と出会った。

彼女は南洋で活躍する貿易商の娘で、一等地である伊勢佐木町《いせざきちょう》に舶来品《はくらいひん》を扱う店舗《てんぽ》も構える、豪家のお嬢様だった。

一方蛍子の父親は電気技師。機械いじりの得意な父は、お金持ちの家にある舶来の機械を修理・点検する仕事で生計を立てていた。妻が病気で早世すると、彼は残された娘をどこにでも連れ歩き、その仕事先で、蛍子は光子と出会ったのだ。

光子の父親は新し物好きで、山手の丘の中腹にある洋風のお屋敷に住み、ストーブやラジオ、蓄音機《ちくおんき》、カメラ他、機械をたくさん所有していた。

娘である光子もまた好奇心が旺盛《おうせい》で、特に西洋の国へ強い関心を持っていた。

初めて会ったとき、彼女は長く艶々《つやつや》しい黒髪を揺らしながら、英語で訊いてきた。

『どうしてうつむいているの？』

身につけている制服から、彼女が有名なミッション・スクールの生徒であることがわかった。

そこは初等科から英語のクラスがあり、英会話は標準的な嗜《たしな》みだというが——公立の尋《じん》常《じょう》小学校に通っていた蛍子はそのことを知らず、吃驚《びっくり》してしまった。

どうしてよいのかわからず、もじもじしていると、彼女は心底不思議そうに続ける。

『顔を上げなさいな。そうして下ばかり見ていると、気持ちまで下向きになってしまうわよ』

「あの、わたし、横濱生まれなので、日本語で平気よ……」

もそもそと返した蛍子に、彼女は「あらッ」と破顔《はがん》した。

「そうだったの。──私は光子。あなたは？」

「蛍子」

「きれいな名前ね」

屈託《くったく》のない反応に、蛍子は少しだけ顔を上げる。

「……………ほんと？」

それから光子の家に遊びに行くごとに、蛍子は彼女と親交を深めていった。

尋常小学校では、見た目のせいでいつもいじめられていた。仲間外れにされ、ラシャメンの子と罵《ののし》られることも日常茶飯事《さはんじ》。ラシャメンとは外国人相手に身売りをする女性のことである。悔しさに涙したことは数えきれない。

けれど光子は、山手の名門校に通うお嬢様であるというのに、まるで普通の友達のように接してくれた。その奇跡に蛍子は舞い上がった。

なにしろ初めてできた友達である。

お転婆《てんば》をして、光子の母から一緒に怒られることすら楽しかった。お小言《こごと》をもらうたび、目を見合わせてくすくすと笑いをかみ殺した。

親しくなるにつれて、光子にも色々と抱えるものがあることに気づいていった。

彼女の父親は跡取りの息子を欲しがったが、母親は光子を生んで以降、身ごもることがなかった。そのため少し前に、たいそう利発と評判だった親戚《しんせき》の少年を養子に迎えたという。

光子はそれが大いに不満のようだった。

「お父様は馬鹿よ。私という娘がいながら、男子に後を継がせることにこだわるなんて」

誇り高い彼女は、女だからという理由で認められないことが我慢ならなかったのだ。

「こうなったら私、大きくなったら家を出るわ。女に価値がないなんていう家のために生きるのは、まっぴらだもの」

「家を出て、どうするの？」

「職業婦人になるのよ。でもそれだけではないわ」

職業婦人として自立する都会の女性は、当世の少女にとって憧れの的《まと》である。しかし驚くべきことに、光子にはさらなる目標があったのだ。

「私、外国に行って働くの！」

「ええ⁉」

「そのために今、英語も仏蘭西《フランス》語も必死に勉強しているの」

「すごぉい……」

職業婦人になる。外国に行く。——どちらか一方でも大変だというのに、両方だなんて！」

「さすがみっちゃん……！」

感嘆《かんたん》の目で見つめる蛍子に、光子は「あら」と小首をかしげた。

「ほたるちゃんも一緒に行きましょうよ。巴里《パリ》か倫敦《ロンドン》がいいわ。同じ部屋を借りて、ふたりで暮らすの。良い考えでしょう？」

「わたしも⁉」

思いがけない誘いは蛍子をひどく驚かせ──そして興奮させた。実は蛍子も、ずっと外国へ行きたいと思っていたのだ。西洋の国でなら、自分の顔が目立つこともあるまいと。

漠然《ばくぜん》としていた希望が、急に現実味を帯びてくる。

「ふたり一緒なら何でもできるわ、きっと」

力強い光子の声に、蛍子は大きくうなずいた。

「それならわたしも英語を勉強する。お母さんが亡くなって勉強をやめてしまっていたけど……もう一度始める！」

いつだって光子は蛍子に明るい気持ちをもたらしてくれた。

聡明で自信に満ちた彼女の姿は、まだ見ぬ未来への淡い期待と、霧のように茫《ぼう》とした不安との両方を抱える蛍子にとって、進む道を照らす一条の光だったのである。

「わたし、広島に引っ越してからも英語の勉強を続けたのよ。それから英文のタイプライターを習ったの。タイピストは女性の求人が多いから、外国でもきっと役に立つと思って……」

英文のタイプライターは、文字数の多い和文のタイプライターよりも扱いが簡単だと言われているが、一文字でも間違えるとすべてやり直しであったり、重いキーボードを均一の力で打って印字の濃度をそろえなければならないという大変さに変わりはない……。

あれこれと話す蛍子に、光子は静かにうなずくばかりだった。

「……そう。すごいわね」

どことなく勝手のちがう雰囲気《ふんいき》にとまどってしまう。三年前までは光子の方がおしゃべりだった。自分はどちらかといえば聞き役だったというのに……。

その困惑を察したかのように、彼女はけだるく訊いてきた。

「ほたるちゃんはどうして横濱に戻ってきたの？　しばらくこっちにいるの？」

まるで――それが望ましくないとでもいうかのような言葉の響きに首を振る。

（いいえ、まさか……）

きっと気のせいだ。蛍子は平静を装《よそお》って応じた。

「わたし、祖父母のところに行くことになったの。五日後、ここから出る船に乗るのよ」

「……え？」

物問いたげな視線にうなずく。

「英吉利《イギリス》に行くの――」

それだけで察したのだろう。光子は気まずそうにつぶやいた。

「……そう」

昨今の国粋《こくすい》主義の台頭と、米英との深刻な対立を受け、日本では近年、西洋人や西洋的な物に対する世間の風当たりが厳しさを増している。

新聞やラジオには米英への非難があふれ、蛍子の立場は年を追うごとに悪くなる一方だった。

昔から異端に不寛容な風潮はあったが、今では道を歩いているだけで唾《つば》を吐かれたり、「あいの子」「国へ帰れ！」と罵倒《ばとう》される。さらには日常的に憲兵《けんぺい》につきまとわれ、公衆の面前で「米英の人間と連絡を取り合っていないか」などと訊かれる始末。

「それも、引っ越してから特にひどくなったの……」

三年前、父は軍属の技術者として広島での働き口を得た。当初は「これでおまえに贅沢《ぜいたく》をさせてやれる」と喜んでいたものだが、そこで待っていたのは、横濱で暮らしていた頃よりも激しい蛍子への差別だった。

もともと外国人がめずらしい土地ということもあるのだろう。加えて海軍の鎮守府《ちんじゅふ》や工廠《こうしょう》が置かれているという事情から外国への警戒が強く、蛍子はどこへ行っても白い目で見られた。やがて敵意も露わな世間の眼差《まなざ》しに耐えられなくなり、家の中に閉じこもるようになった。

心配した父が、亡き妻の両親に手紙で助けを求めたところ、自分達のもとに来てはどうかと提案してくれたのだ。

「祖父母は英吉利に戻って、今は倫敦で暮らしているの。それで、わたし思ったんだけど……」

蛍子はどきどきと響く胸を押さえるようにして切り出した。

「みっちゃんも一緒にどうかと思って……」

今日ここに来たのは、ひとえにこの話をするためである。そのために広島から近い神戸《こうべ》港ではなく、わざわざ横濱から旅立つことを選んだのだ。

「もちろん、今すぐにとは言わないけれど……みっちゃんも来てくれたらうれしいわ。わたし先に行って色々と準備をしているから。ふたりで部屋を借りましょう。仕事をして、自立して生きるのよ」

ひと息に言い、蛍子は期待を込めて光子の反応を待った。

彼女はぽかんとしている。急な話に驚いているようだ。無理もない。しかしきっと、降って湧いたチャンスを喜んでくれるだろう――

そんな予想に反し、

「………ふっ」

光子は突然噴き出した。そして大きな声で笑い出す。周りの注目を集め、あわてたように声を押し殺しながらも、彼女は笑い続けた。

「ま……真面目《まじめ》な顔をして……何を言うかと、思えば……、そんな……こと……っ」

なかなか収まらない笑い声に、次第に蛍子は決まり悪くなってくる。ややあって光子は、顔を笑みに歪めつつ「ごめんなさい」と言った。

「でもあんな子供の頃の夢を本気にしているから吃驚《びっくり》して……っ」

言い放たれた言葉に、今度は蛍子が驚く番だった。

「だって約束したじゃない」

「無理よ」

「どうして?」

食い下がると、彼女はやや気分を損《そこ》ねたように息をつく。

「縁談があるの。しかたがないわ。娘は私しかいないから」

「みっちゃん……」

家のために生きたりしないと言っていたのに。

美しいワンピースに身を包み、醒《さ》めた眼差しを婦人帽の広いつばで隠す友人の姿に、言葉を失った。見つめる先で、紅を刷《は》いた口元がほろ苦い笑みを浮かべる。

「大人になってわかった。現実には勝てないわ」

「……そんな風に言わないで」

「それに、今は昔ほど外国に憧れを感じないの。ほたるちゃんを敵だとは思わないけれど、亜米利加《アメリカ》や英吉利は、日本のやることに難癖《なんくせ》ばかりつけてくる厭《いや》な国よ」

「でも……でも、わたしは……」

蛍子は昔の約束をずっと大事にしてきた。胸に抱きしめて、つらい日々を耐えてきたのに。

（ふたり一緒なら何でもできるって、言ってくれたじゃない――）

彼女にとってあの約束は、簡単に手放してしまえる程度のものだったのか……。

少しずつ萎《しお》れていく気持ちと共に、背筋から力が失われていく。

うつむく蛍子の前で、光子は立ち上がった。

「期待に添えなくてご免なさいね。それから……悪いけどもう連絡しないでほしいの。私の家はともかく、向こうのお家が……ね」

ぼかされた言葉尻は言わずもがな。

混血の人間と関わりがあるなどと噂《うわさ》になっては、体裁《ていさい》が悪いから。

「………」

蛍子が返事をする前に彼女は去っていった。

よく見れば不自由そうなハイヒールで、迷う素振りもなく歩いて行く。

打ちのめされた気分で見やった窓の外は、あいかわらずの曇り空だった。


子供の頃、蛍子と光子は少女雑誌を読みふけった。

そこには年頃の少女の憧れるものがすべて詰まっていた。

ハラハラドキドキする小説、美しくモダンな洋装を描いた挿絵《さしえ》、少女歌劇や映画のスターのグラビア、今をときめく職業婦人たちの紹介。

中でも光子と蛍子が夢中になったのは、異国の地を踏んだ女性達の記事だった。

大抵は夫の洋行につき従った夫人による体験記。あるいは稀《まれ》であるものの、米国に留学した女性へのインタビュー。そうした記事に目を通すたび、ふたりは自分達の未来について語り合った。

「頭の良さでは日本の少女も、西洋の少女に負けないはずよ。いつか私たちがヨーロッパに行って、職業婦人として活躍する可能性は、皆が思っているよりもずっと高いと思うの」

今はただの夢。けれどいつかは——そんな思いを込めて、いっしょに舶来の地球儀《ちきゅうぎ》をくるくる回した。

「そうしたらわたし達、雑誌に載ってしまうかもしれないわね。外国で成功した職業婦人、という風に」

「その記事が、私達みたいなお転婆娘を勇気づけて、外国へ行きたいと思わせたら素敵だわ！」

あの頃、大人になれば本当にそんな未来が来ると思っていた。

経済的に困難な蛍子はともかく、光子は必ず実現させるだろうと信じて疑わなかった。

雑誌に載っている強くて聡明な女性達のように、彼女はどこへ行っても自分の力で身を立てるだろう。

そして日本の少女達の未来は、これからますます明るく自由になるのだ。

明治、大正を生きた進歩的な先人達が、苦労して少しずつ変えてくれた女性の生きる道は、これからもっと広がっていくであろうから。

昭和のほうが恵まれた世の中になるのは当然だと、子供の頃の蛍子は無邪気に考えていた。


翌日、蛍子は宿泊する港のホテルから、山手の丘の上に向けて黙々と急坂をのぼった。無性に身体《からだ》を動かしたい気分だったのだ。そうでもしないと、胸の内を満たすモヤモヤとした鬱屈《うっくつ》に叫びだしてしまいそうになる。

世間体《せけんてい》のために、蛍子との交流を隠したいという光子の言葉には、それだけ傷つけられた。

（お家のためだものね。しかたがないわ。……しかたがない）

傷口に手を当てて自分をなだめるものの、なぜと嘆《なげ》く気持ちを抑えることができない。

今思えば、待ち合わせに外国人が多くいるお店を指定してきたのも、そういう場所でなら蛍子といても目立たないと考えてのことだったのかもしれない。

（みっちゃん、わたし……一緒に外国に行こうって誘ってもらえて、本当にうれしかったのよ。それからずっと、あの約束を真剣に考えてきたの）

自分が渡航するにはどのくらいのお金が必要か、どんな知識を身につけておくべきか、真面目に考え、その時に備えてきた。

だから思いがけず祖父母から申し出を受け、天にも昇る気持ちでいたというのに。

二十分ほど歩いた末、蛍子は高台に出た。そこからしばらくは眺めのいい、平らな道が続く。

空は相変わらず曇天《どんてん》だった。けれど涼しい風が火照《ほて》った肌に心地よい。港と街とを一望する景色に、蛍子は苦しい息を整えるように大きく深呼吸をした。

海の上には、遠い異国からやってきた——あるいはこれから向かう大小の船が浮いている。

光子の通っていたミッション・スクールが近くにあるため、昔は彼女とふたりでよくここを歩いた。

きらきらと日の光に輝く海を見下ろして、どの船に乗りたいか話したものだ。

（そういえば……結婚が決まったお祝い、言いそびれてしまったわ）

今になってそう気づき、ため息をつく。

なぜだろう。昔あれだけ輝いていた景色が、今は色褪《いろあ》せて見える。天気が悪いせいだろうか。

それとも——同じ景色を見る人が横にいないせいか。

（最後に笑ったの、いつだったかしら……？）

光子と久しぶりに会えたことがうれしく、ひとりではしゃいだ昨日を除けば、この三年、楽しいことなどほとんどなかった。

厚い雲にはばまれて陽光が届かない風景は、今の自分の気分にぴったりと重なる。

日本で生まれ育ったにもかかわらず、日本人とみなされず、いわれのない非難を受け続けてきた。しかし——

そもそも今、人々の中にあるのは米英への嫌悪だけではあるまい。

意気軒昂《いきけんこう》な主戦論が叫ばれる一方で、政治は混乱していくばかり。一昨年には兵士達による叛乱《はんらん》まで起きた。その衝撃もさめやらぬ間に支那事変《しなじへん》が始まり、昨今の新聞やラジオでは「戦時」「非常時」という言葉が頻繁《ひんぱん》に使われている。

極端に排外《はいがい》的な風潮は、そんな現状に対する不安の現れだと考えるのは、僻《ひが》みだろうか？

鬱々とした気分で、そんなことを考えていた時——傍《かたわ》らで、「まぁ」とおっとりとした声が響いた。

「あなた光子さんのお友達ではなくて？」

ふり向いた先にいたのは、小豆《あずき》色の着物を着た、同じ年頃の少女である。

おそらく光子の元同級生だろう。彼女は以前、このあたりで行き合う学校の友人を次から次へと紹介してきたため、蛍子の記憶は曖昧《あいまい》だった。

しかし相手はこちらを覚えているようだ。気さくに声をかけてくる。

「光子さんの結婚のお祝いにいらしたの？　突然でしたものね。みんな驚きましたわ。まさかあの方が、女学校を卒業してすぐに結婚なさるなんて」

「え？」

「あら、四月にお式を挙げられたのではなくて？」

朗《ほが》らかな問いに、ぽかんと返す。

「……みっちゃんはもう結婚したの？」

着物の少女はハッとしたように手で口を押さえた。

「……いやだわ。わたくし、いけないことを言ったかしら？」

急に口の重くなった相手に、食い下がって教えてもらったところ、光子は二ヶ月前にすでに結婚したということだった。

（……わたしに何の連絡もなく？　どうして……⁉）

波のような音を立てて血の気が引いていく。足下がくずれ落ちる感覚。

あいの子には出席してほしくなかったから？

心臓をつかみ潰された心地だった。息をするのも困難なほど胸が痛む。

知らない人間からの罵倒《ばとう》など、何ほどのものでもないのだと、蛍子はそのときに知った。

いちばん辛《つら》いのは、こうして心を許した大切な人から、臭《くさ》い物に蓋《ふた》をするようにして切り捨てられることなのだ。


あれは、十五歳の夏——横濱にいた最後の夏。

蛍子は下校中に小学校で同級だった少年達に囲まれ、「あいの子のくせに日本人のふりをするなんてみっともない」と、おさげにした髪やセーラー服を引っ張られた。彼らは逃げる蛍子を追いかけてきて、ぬかるんだ側溝《そっこう》に突き落とし、笑いながら去っていった。

ドロドロに汚れて、家に帰るに帰れない蛍子は、しかたなく光子の家へ向かった。泣きながらやってきた蛍子に、彼女は風呂を貸し、その後で浴衣《ゆかた》を差し出してきた。

しかし蛍子は首を振った。

「着たくない。みっともないから……」

彫りの深い顔に和服は似合わないと、自分でも思っていたのだ。

すると彼女は笑って、蛍子を姿見の前へと連れて行った。

「みっともないことなんかないわ」

その場で絹紅梅《きぬこうばい》の浴衣を広げ、両肩にかけてくる。

「ご覧なさい。すてきでしょう?」

藍染《あいぞ》めの小紋《こもん》の柄は、夜の蛍。紺地《こんじ》に白で夏草が描かれ、周囲にぽつぽつと淡い蛍の光が散っている。

帯を締めながら、光子は軽やかに言った。

「蛍子ってきっと、暗闇の中でも自ら光る人でありますようにって……、そういう思いの込められた名前だと思うわ」

姿見に映った蛍子は痩《や》せていて猫背《ねこぜ》だった。高い背丈をごまかすため、背中を丸める癖《くせ》がついていたのだ。その背筋を、光子はぽんとたたいてくる。

「ほら、胸を張りなさいな。あなたは私の自慢のお友達なんだから」

「――……」

鏡の中の自分が美しいとは、どうしても思えなかった。背中をのばして高い背が際立《きわだ》つと余計に恥ずかしい。……それでも。

粋《いき》な浴衣と、「自慢の友達」という言葉に彩《いろど》られ、いつもより少しは綺麗《きれい》に見えた。


（みっちゃん、みっちゃん、みっちゃん——）

光子の同級生と別れた後、蛍子はふらふらとした足取りでどこへともなく歩き続けた。引き裂かれた胸がしくしくと痛む。

どこかへ行きたい。どこかへ行きたい。いっそのこと消えてしまいたい……！

（どうしてわたしを避けるの？）

自慢の友達だと言ったその口で、もう連絡しないでほしいだなんて。なぜそんなひどいことが言えるのだろう？

幾つもの嘆《なげ》きが——なぜ？　の思いが、浮かんでは胸の内に沈んでく。タールのような、鬱々《うつうつ》とした気持ちで心がいっぱいになり、苦しくてたまらない。

（みっちゃん……！）

一方的な声に呼び止められたのは、その時だった。

「そこの君、止まりなさい」

鶯色《うぐいすいろ》の制服に身を包み、制帽を目深《まぶか》に被《かぶ》って上腕に憲兵《けんぺい》の腕章をつけた男がふたり、物陰から現れる。

彼らは蛍子をはさむようにして目の前に立ちふさがった。

「この近所に用事があるのか？　誰を訪ねてきた？」

「…………」

蛍子は、相手の言わんとしていることをすぐに察した。

この近辺には外国人の家が多い。憲兵達は蛍子が、彼らの手先ではないかと疑っているのだ。

混血児だから叛逆的《はんぎやく》なスパイ活動をしているはずだ、という単純な憶測によって。

「氏名と住所を言いなさい」

暗く冷たい――蔑《さげす》むような視線。

何の根拠もなく、ただ異国の血を引いているというだけで、憲兵はこの目を向けてくる。

「――っっ」

唐突《とうとつ》に、蛍子の中で激しい怒りが、間歇泉《かんけつせん》のように噴き出した。

「わたしは何も悪いことをしていません」

のべつまくなしに外国を敵視する人間のせいで、光子は変わってしまった。

たった一人の友達だったのに。――かけがえのない、たった一人の！

胸を灼《や》く怒りにまかせて語調を強める。

「学校を卒業したばかりの、ただの娘です。見ればわかるでしょう？」

「貴様、口答えするか」

「わたしは日本人です！」

「そんなバタ臭い顔をして何を言うかっ」

「貴様が米英のスパイでない証拠がどこにある！」

「わたしは日本人です！　他の国なんて知りません！」

ふたりに両側から怒鳴られ、負けじと言い返した。なぜ道を歩いているだけでこんな目に遭《あ》わなければならないのだろう？

（スパイですって？　馬鹿馬鹿しい！）

怒りはますます燃え立つばかり。こんな人達に負けるものか――その一心で拳《こぶし》をにぎりしめ、強く相手をにらみつける。

そのとき。

キキキキ……！　と甲高《かんだか》く耳障《みみざわ》りな音があたりに響いた。自転車のブレーキ音と気づくのと同時に、またがっていた光子がこちらに向けて叫んでくる。

「乗って！」

「————……っ」

考えるよりも先に、蛍子はその指示に従った。

後ろに飛び乗るや否《いな》や自転車は走り出し、やがて坂道に達すると鉄砲の弾のような勢いで勾配《こうばい》を駆け降りる。

途中、危うく自動車にぶつかりそうになり、ふたりでけたたましい悲鳴を上げた。しかし光子は巧みなハンドルさばきでそれを避ける。

びゅんびゅんと耳元で風がうなる。

吹きつけてくる強い風が——空を飛ぶような疾走感が、恐怖と共に、突き抜けるような昂揚《こうよう》をもたらしてきた。恐ろしすぎて我知らず笑い声を上げる。

笑っているうちに力が湧いてきた。

このまま、どこまでも行ける気がする。

しかし実際には、自転車はほどなく、港に隣接する山下《やました》公園に走り着いた。

自転車が止まってからも、光子と蛍子は、お腹が痛くなるほど笑い続ける。

「あの憲兵の顔！　見た？」

「目ん玉まん丸にして、おっかしい！」

しばらく笑った後、光子は突然現れたわけを語った。

「今の家が、あのすぐ近くなのよ。なんだか騒がしいと思って外を見たら、ほたるちゃんが憲兵につかまっているのだもの――」

そこまで話したところで、光子はハッとしたように口を閉ざした。そして気まずそうに顔をそむけると、自転車を押して港に面した遊歩道を歩き始める。

今日の彼女は、シルクの白シャツにモスグリーンのスカートを穿《は》いていた。膝丈のスカートはいかにも活動的で、昨日のシックなワンピースよりも似合う気がする。

蛍子は、先を歩く光子を追いかけた。

「ありがとう、みっちゃん。わたし、もう行くわ。人目につかないうちに」

あなたの事情は理解している――そう伝えたつもりだった。しかし光子は首をかしげる。

「え……？」

「わたしと一緒にいるのを見られたら困るんでしょう？　だから連絡を取らないでって……」

昨日の別れ際の言葉を思い出して言うと、彼女は「まさか！」と声を張り上げる。

「ちがうわ、それは誤解よ……っ」

こちらを見つめる黒い瞳には、苦渋《くじゅう》の色がにじんでいた。化粧《けしょう》をしていなくても赤いくちびるが、何かを言いたげにふるえる。……けれど結局、それはきゅっと引き結ばれた。

ややあって、小さな声がこぼれる。

「……あなたは何も悪くない」

彼女が何を考えているのか、蛍子にはわからなかった。

それでも、何かを抱えているのは伝わってくる。

「みっちゃん……。あの、さっき女学校のお友達に聞いたわ。もう結婚したって――」

そう告げると、彼女は今度こそ目を瞠《みは》った。しばらくの後、自分を落ち着けるように「ええ」とつぶやく。

「おめでとう。末永くお幸せにね」

蛍子は心を込めて言った。光子は――少し考えるそぶりを見せた後、突然自転車から手を放す。ガチャン、と大きな音をたてて自転車が地面に倒れた。

「やめたやめた！　やっぱり隠すのは性《しょう》に合わないから正直に言うわ。連絡を取らないでと言ったのは、私の結婚について知られたくなかったからよ」

「どうして……？」

「相手は父親よりも年上の人。奥さんと二回死別していて、私は三人目の妻なの」

「……え……？」

さばさばとした口調で打ち明けられ、とまどってしまう。

続いて語られた光子の事情は、蛍子の想像をはるかに超えるものだった。

事の発端は三年前、蛍子が引っ越して間もない頃。

跡取りとして養子に迎えられた光子の兄が、大学で社会主義活動に目覚めてしまったのだという。

ほどなく特高警察に捕まった彼は、まだ学生だったこともあり釈放されたものの、尋問中に受けた暴力が原因で失明し、家業を継ぐことができなくなった。さらに逮捕の噂《うわさ》が広まったことで、店からは客の姿が消えた。

「それだけではないわ。元々うちは、主に印度《インド》や南洋で商売をしていたのだけど、戦争が始まって以来、現地に住む支那人商人はことごとく取引を打ち切ってくるし、米英の商人からもそっぽを向かれて仕事にならないんですって」

悪いことが重なった結果、負債《ふさい》ばかりが増えていき、ついには寝る間を惜しんで金策に奔走《ほんそう》していた光子の父親まで倒れてしまった。

「母は育ちが良くて何もできない人だし、私はまだ女学校を卒業する前だったし……、医者の必要な人間をふたりも抱えて途方に暮れたわ。そんなとき、父の古い知り合いが私に結婚を申し込んできたの。まずまずお金持ちの人」

目の前に広がる海に向け、光子は物憂《ものう》い眼差《まなざ》しを流した。

「参ってしまうわ。あの父が――あのわからず屋の父が、私に頭を下げて泣くのだもの。申し訳ないって……」

「…………」

思いも寄らぬ話にただただ絶句する。

そんな蛍子をよそに、光子はすっきりしたように、晴れやかにほほ笑んだ。

「結婚式のことを黙っていたのは許して頂戴《ちょうだい》。友達を招きたくなかったのよ」

「ううん、そんな……」

「それに昨日はひどいことを言ったわ。それも堪忍して頂戴ね」

透き通るような美しい笑顔に、やるせない哀しみがにじむ。

「あなたの前では、強くて美しい光子でいたかった。惨《みじ》めだなんて思われたくなかったの」

「みっちゃん……っ」

蛍子は大きく首を振った。

惨めだなんて思っていない。その言葉が、まるでラムネ壜《ビン》の口にあるビー玉のように、喉《のど》に引っかかって出てこなかった。

一緒に倫敦に行きましょう——そう言えたなら、どんなに楽か。

ふたりで外国で暮らしましょう。生きる道を自分で決めるのよ。何でも。自由に。

自己本位な、そんな気持ちを呑《の》み下す。

「——……」

言葉を失い立ちつくす蛍子の前で、光子はどこか他人事《ひとごと》のようにつぶやいた。

「しかたがないわ。時代が悪いのよ」

不穏な社会に対する、真綿で締めつけられるような不安も。自分の人生について選択肢《し》のない理不尽さも。それを呑み込むしかない哀しみも——すべて誰のせいでもない。人には抗《あらが》いようのない、何か大きな流れのせいにして、やり過ごすより他にない。

「みっちゃん……」

大切な友達が困難な状況にあったというのに、自分は何をしていたのだろう?

何も知らずにいたことが口惜しい。いわんや彼女を残して旅立とうとしているなんて——

(いっそのこと、ここに残ろうかしら……?)

　そんな考えが心をよぎる。しかし光子は笑顔で手をのばし、励《はげ》ますように抱きしめてきた。

「英吉利、本当は行きたかったわ。私の分まで頑張ってね。……お願いよ」

「……みっちゃん……っ」

　力を込めて、蛍子もひしと彼女を抱きしめ返す。

　強くて綺麗《きれい》なみっちゃんは、自慢の友達。

　昔も、今も、これからも、あなたはわたしの憧れなのだから、惨めだなんて言わないで。

　自分で自分を貶《おとし》めないで。

　前を向いて、胸を張って、堂々と生きて……

　伝えたい思いはどれも、言葉にすればありふれてしまう。だから蛍子はありったけの気持ちを込めて、たったひとりの友達を抱きしめる。

　何も出来ない小さな手で、強くひたむきに、ふたりは互いを長いこと抱きしめ続けた。

　四日後——出港の日は快晴だった。

蛍子が乗りこんだのは日本郵船の照国丸《てるくにまる》。上海《シャンハイ》と香港《ホンコン》に寄った後、新嘉坡《シンガポール》をまわり蘇士《スエズ》運河を通って、四〇日以上かけて英吉利へ向かう大きな客船である。

大桟橋《だいさんばし》の埠頭《ふとう》には見送りの人が大勢詰めかけていた。あちこちで国旗やハンカチが振られている。

ちょっとしたビルの屋上ほどの高さがある船の上と、埠頭にいる人々とは、色とりどりの無数の紙テープでつながれていた。

蛍子も他の乗船客と並んでデッキの手すり前に立ち、埠頭にいる父親と、その隣に立つ光子と、それぞれが持つ二本のテープの端をしっかりとにぎりしめる。

紙テープを手にした光子は、今日は清楚《せいそ》な白いワンピース姿だった。レースのパラソルをさしてほほ笑んでいる。

やがて船が汽笛《きてき》を鳴らす。

出港の合図だ。

地の底から響くような大きな音に、人々の歓声がひときわ大きくなった。

「みっちゃん……！」

ゆっくりと、少しずつ動きだす船上で、蛍子は彼女に向けて声を張り上げる。

「またね！　元気でね！」

周囲の大声に負けないよう、力の限り叫び、大きく手を振る。

光子は紙テープをにぎりしめたまま、微動だにせずこちらを見上げていた。

その瞳に涙が浮かび、みるみるうちに頰《ほお》をしたたり落ちる。

「みっちゃん！」

つられて涙声になった蛍子の呼びかけに応じるかのように。

ふいに——彼女はテープを手にしたまま、こちらに向けて足を踏み出した。

はじめ歩く程度だった足取りは、やがて船の動きに従い小走りに変わっていく。

パラソルを放り出し、スカートの裾《すそ》をひるがえし、彼女は船の上にいる蛍子を追いかけてきた。何かを叫んでいるようだ。

蛍子も声を限りに返した。

「みっちゃん！」

地上まで声が届いたとは思えない。それでも埠頭を走る光子は、何かを叫び返した。

「みっちゃん、何⁉」

ハラハラしながら見守っていると、後ろを走っていた蛍子の父親が、彼女の腕をつかんで止める。その瞬間、彼女と自分とをつないでいた紙テープが千切《ちぎ》れた。

去りゆく先端を追いかけて、光子の手が、まっすぐ船にのびる。

私も行く！　あなたと行く！

こちらに向けてのばされた彼女の手が空をかく。蛍子も手すり越しに精一杯手をのばした。

「みっちゃん！」

声が聞こえなくても、心は伝わってくる。

お願い、連れて行って。連れて行って。——連れて行って……！

「みっちゃん……‼」

この手が、あそこまで届くのなら。

指があの手にふれるなら。

強く、強く、つかんで応えるものを。

蛍子の目からも涙があふれ出した。ねじ切られるように胸が痛む。

みっちゃんと一緒にいたい。

ふたりでいれば、何があっても恐くない。きっと何でもできる。

ふたりでいれば！

涙で見えない埠頭にいる友達に向け、蛍子は手すりから身を乗り出して叫び返した。

「一緒だから……っ。心はいつも、一緒にいるから……！」

どこかに行きたいと、ずっと思ってきた。ここは自分のいる場所ではないと。

でも、やっとわかった。

（天国なんてない）

英吉利とて夢のような国とは限らない。蛍子はもしかしたら向こうでも、よそ者を見る目を向けられるかもしれない。

（でも、それが何なの――）

自分を思ってくれる友達がひとり、まちがいなくここにいる。

その事実が、この先も心の支えになる。ずっと――ずっと。

（顔を上げて生きていくわ。みっちゃんがそう言ってくれたから……！）

涙を流しながら、蛍子は固く心にそう誓った。

異国での生活がどんな風か、いつか彼女に伝える日が来ると信じて。

そのとき、彼女との約束を守ったのだと、誇りを持って言えるように。

千切れた紙テープをたぐり寄せ、手の中ににぎりしめる。

陸影は無情にも少しずつ遠ざかる。それが視界から消えるまで、蛍子はいつまでもひとり、その場に立ち続けた――

※

「大《おお》お祖母《ばあ》ちゃん、大お祖母ちゃん」

ふいにひ孫の声に呼ばれ、光子は我に返った。

「その日記、見てもいい？」

「どうぞ」

ついつい没頭《ぼっとう》して読んでしまっていたノートを閉じ、美月に渡す。

黄ばんだページをめくり、彼女は「ふっる……」とうれしそうにつぶやいた。

「これ、大お祖母ちゃんが書いたの？」

「いいえ」

日記は蛍子のものだ。

その中には渡英後、祖父母とロンドンで暮らし始めた彼女が、日本人の血を引くことで白い目を向けられつつも、立派に生きていたことが記されている。

いずれ困難な時代が終わり、日本へ帰国したとき、胸を張って光子を訪ねることができるよう、彼女は世間の冷たい眼差《まなざ》しにもひるむことなく、背筋をのばして日々を送っていた。

けれど二年後、イギリスはドイツから大規模な空襲を受ける。翌年にかけての八ヶ月間に及ぶ爆撃は、特に首都であるロンドンに甚大《じんだい》な被害をもたらしたという。

蛍子は不運にも、その空襲に巻き込まれて命を落とした。同じ年の一二月、日本は米国の真珠湾《しんじゅわん》を攻撃。

光子が蛍子の死を知ったのは、戦争が終わってからのことだった。

彼女の父親が、光子の元へこのノートを持ってきてくれたのだ。本人がそう望んでいるにちがいないと言って。

「……不思議なものね」

ひ孫の手にある日記に向けて、しみじみとつぶやく。

悲惨《ひさん》な戦争を何とか生き延びた光子は戦後、実家と婚家の事業とを一手に引き受けることになった。

毎日ただがむしゃらに働いて、気がつけば成功した女社長として、一時は経済誌などで取り上げられるまでになった。

　あの時——蛍子の船出を見送った時は、この世の終わりかと思うほどの絶望と無力感に見舞われていたというのに。

　はるか昔に思いを馳《は》せる曾祖母の前で、美月はパラパラとページを繰る。

「ほんとに全部手書きなんだね。しかもすごい字がきれい……。まるで誰かが読むって知ってたみたい」

　何気ない言葉に光子はそっとほほ笑んだ。

「そうね」

　いずれ光子がこのノートを読むことを、彼女は想定していたのかもしれない。

だからそこに記したのだ。光子に向けた、ありったけの思いを。

どれだけ大切な友達だったか。どれだけ励《はげ》まされていたか。

そしてどれだけ幸せを願っているか——

「ね、このノートも借りていい？」

「どうぞ。……でも大事に扱ってね」

「もちろん！」

　弾けるように笑い返すひ孫に目を細める。

（子供も、孫も、ひ孫も、かけがえのない宝物だけど……一緒にお墓に入れてもらいたいものは、この日記だけ）

あの時、あの時代に、ひとりの少女が生きていた証《あかし》。

出生のせいで不遇《ふぐう》な目に遭《あ》いながらも、決して負けなかった彼女の記録。

励まし、励まされ。傍にいなくても、気持ちはずっと寄り添っていた。

蛍子。

静かに、しぶとく。

世界の片隅にただひとつ。

淡くても、決して消えなかった——光。

ごしょうばん

一穂ミチ

ごしょうばんは、妖怪だ。モノノケとかオバケとか、いろいろ呼び方はあり、そのどれが正確なのか分からないが、とにかく人間ではなかった。人間でもその他の畜生《ちくしょう》でもなく、そして自分が「ごしょうばん」というものであることは、いつの間にか知っていた。雄《おす》でも雌《めす》でも、大人でも子どもでもない。ごしょうばんは、ごしょうばんだ。そしてひとりだ。「ひとり」が正確でなければ一匹でも一頭でも一体でも構わないのだが、とにかく、周りには誰も何もいなかった。ごしょうばんは人は食わない。人の食べものを食らう。

「すごいすごい、きょうはどうしたの」

子どもがはしゃいでいる。丸い卓の周りを犬っころみたいに跳ね回る。

「やめろよ、行儀《ぎょうぎ》が悪い。これはお前のじゃないんだ」

もうすこし年かさの子どもが、それをぴしゃりと叱《しか》る。

「これはお父さんのだ。こいつを見ろ、ちゃんと大人しく座ってるだろ」

頭を叩かれたちいさいほうは、たちまちあーんと泣き出した。やめなさい、と母親らしき女が台所からすっ飛んでくる。

「きょうぐらいけんかはなしにしてちょうだい。……ああ、手が空いてるなら勝《まさる》の鼻水を拭いてやって」

母親が首に巻いていた手ぬぐいを差し出す。受け取って、子どもの鼻の下に押しつけると、生地越しに青っぱなのぬるりとした感触。満足に食べていないのに、こんなものはたっぷりと出るらしい。やがて「ごはんの支度《したく》ができましたよ」の声で「お父さん」がのそりとやってくる。

「きょうはごちそうだね、すごいな。お前たち、たくさん食べなさい」

さっそくちいさい子どもが箸《はし》を伸ばそうとして「お父さんからよ」とまた叱られる。

「あしたから、お父さんは遠いところへお出かけだからね、きょうはそのお祝いなの」

お祝い、と言う時、母親の声はほんのすこしつんのめった。

「どこへ行くの、いつ帰ってくるの」

「フィリピンという、南の島だよ。そうだな、お前の背丈が、あの電話台より大きくなるまでには帰ってくる」

父親は、柱につけた背比《せいくら》べの傷を指して笑った。

「そんなの、すぐだよ」

「そうか、そりゃ楽しみだ。たくさん手紙を書くからね、お母さんの言うことを聞いてよく勉強をしなさい」

「バナナ！　バナナを持って帰ってきてくれる?」

馬鹿、と上の子のげんこつが飛んで、弟は飽きもせずうあーんと泣き出す。

「お父さんは遊びに行くんじゃない！」

「やめなさい、何てことするの」

「だって……」

「いいんだ。バナナだね。うんと熟れて甘いのを持って帰ってくるよ。さ、とりあえず食べよう」

卓袱台《ちゃぶだい》の真ん中で輝いているのは尾頭《おかしら》付きの鯛《たい》が一匹と、ちらし寿司の入った木桶《きおけ》だった。めいめいに豆腐とわかめの入った澄まし汁もある。父親の許可が出たので、子どもたちはどんどんごちそうを頬張《ほおば》る。塩を振ったぱりぱりの鯛の皮、その下の、ぎっちり密な白身。まだらに茶色く焼けた錦糸卵《きんしたまご》、ぷりぷりと前歯を押し返してくるしいたけ、さみどりのかわいらしい絹《きぬ》さや、そして何より、真っ白いぴかぴかの酢飯。どれも久しぶりに食べるものばかりだった。弟の頬には干《ひ》からびた涙の痕が、兄の目にはまだみずみずしい涙が溜まり、光っている。

「お前、こんなに……」

男は気遣わしげに妻を見る。妻は「いいんです」とかぶりを振る。そのやり取りに、上の子は気づかないふりをしていた。下の子は気づかず、ちいさな手には長すぎる箸を一生懸命動かしていた。真ん中の子は——どうでもよかった。なぜなら、「真ん中の子」など最初からいない。家族の一員みたいな何でもない顔でせっせとちらし寿司を食べているのは、ごしょうばんだった。

ごしょうばんとは、ご相伴。「ご相伴に与《あずか》る」のご相伴。このように、人の中に溶け込んで食事をするのがごしょうばんの性《さが》だった。宴会が終わった後、膳《ぜん》と客の数がどうしても合わない、誰かの知り合いかと誰もが思っていたら誰も知らない誰かが写真に写り込んでいる、そういう時は大概《たいがい》ごしょうばんの仕業《しわざ》だ。姿を自在に変え、人間の心にするっと収まり、不審を抱かせない。「座敷童子《ざしきわらし》」や「ぬらりひょん」といった連中にもそんな能力があるそうだが、ごしょうばんは会ったことがない。自分以外のごしょうばんにも会ったことがない。

ちらし寿司をたらふくいただき、ごしょうばんはふらりと外に出る。誰もがごしょうばんに気づかない。気づかぬまま茶碗《ちゃわん》や箸を洗い、床《とこ》に就《つ》く。

寝床で、妻は考えている。

きょうの、出征《しゅつせい》前夜の食事で、何日食べられたかしら。虎の子のしいたけ、闇市で手に入れた卵と白米と鯛、こんなものしかないけど、とおすそわけしていただいた絹さや。子どもたちは久しぶりにお腹いっぱい食べて、夫も楽しそうで、束《つか》の間《ま》の幸せなひとときだった。でもそれと、祖母が持たせてくれた振り袖《そで》が引き換えだった。本当にそれは釣り合うものだったかしら。分かっている、絹も絹糸も食べられない。背に腹はかえられない。でも、疲れすぎてもう小指一本動かしたくない、と思う時、こっそりたんすを開けてあの美しく仕立てられた着物、羽ばたく鶴の刺繡《ししゅう》をひと目見るだけで力をもらえる気がしていたのに。あの、ひんやり目の詰まった、絹の感触。この先生きているうちに、味わえるだろうか。食べものは腹に、美しいものは胸に力をくれる。けれど今、この国で生きていて、胸に兆《きざ》す力などはぜいたくなのだ。私の胸は空《から》っぽになった。戦争に勝てば、配給でない食べものがいくらでも手に入る、という望みはちっとも美しくない。

美しいものを見たり手に取ったりできなくなった私はどんどん醜《みにく》くなるだろう。今だってそうだ。あす戦地に行く夫のことを考えている。不安や心配と同じくらい、大きな男ひとりの食い扶持《ぶち》が減ることに安堵《あんど》している。配給の割り当ても減るけれど、どうせ足りないのだから、女と子ども三人のほうがやりくりがしやすい……三人？　あれ？　私は今、何に引っかかったのかしら。腹がくちくなったせいで、頭がどうかしてしまったのかもしれない。とにかく、これまでより食材の計算に汲々《きゅうきゅう》としなくてよくなるに違いない。お向かいの中村《なかむら》さんの旦那《だんな》さんも、遠からず召集されるという話だけれど、まだこっそり持っている砂糖をお裾《すそ》分《わ》けする必要はないだろう。だって心細い、女子どもだけの所帯なんだもの。

ああ、いやだ。こんなことばかり考えるのはいや。手で顔を覆《おお》うと涙がこめかみから枕へ吸い込まれていった。

「眠れないのか」

夫が問う。

「大丈夫です。あなたこそ、鯛をひと口も召し上がってなかった」

「いいんだ。子どもたちを頼むよ」

「……はい。そういえば」

「うん？」

うちは何人家族だったかしら？　でもその問いは口には出されない。たまのまともな食事で、却《かえ》って頭がおかしくなったのかと思われる。

きょうのごはんはおいしかった。幸せだった。よい食卓だった。この先に何があろうとも、今夜の記憶の、きれいな上澄みだけ覚えておけますように、と念じながら目を閉じる。

ごしょうばんのことは誰も知らない。

「あの！」

声を掛けられた娘が振り向く。丸刈り頭の青々とした少年だった。

「突然、失礼いたします！　航空廠《こうくうしょう》の発動機部におります村上源《むらかみげん》と申します！」

娘は傍《かたわ》らの友人に困惑がちな目配せをしてから、少年に「毎日ご苦労さまです」とお辞《じ》儀《ぎ》した。

「本日は、第七飛行団の牧原《まきはら》少尉よりこれをお預かりしてまいりました！」

後ろに組んでいた手をほどいて差し出したのは、キャラメルの箱だった。娘は左右のお下げ髪を打ち振って「そんな貴重なものをいただけません」と答える。

「いいえ、受け取っていただけないことには自分も少尉に合わせる顔がありません！」

「でも……」

お願いします、と頭のてっぺんを見せつけるように少年は繰り返す。つむじがふたつ、あった。

「では……ありがとうございます」

娘はとうとうキャラメルを両手で押し戴《いただ》くように受け取り、そっと胸の真ん中に押しつけると、箱を開け、薄紙に包まれたひと粒を取り出した。

「村上さんも、召し上がって下さい」

「いえ、自分は」

「どうぞ。ここで食べて戻っても誰にも分かりません。私、内緒にしますから」

指先ほどのキャラメルを見て少年はごくりと喉《のど》を鳴らす。しかし、天を仰《あお》いで「いただけません」と声を張り上げる。

「自分も、いつかは少尉のように立派な飛行機乗りになって、自分のキャラメルをもらいます。そして、少尉のように、大事に思う人に……」

また、喉がぐりっと動いた。皮膚《ひふ》の下で、まだ目立たない喉仏がうごめく。しかし今度は、さっきみたいに唾《つば》を飲み込んだせいではないようだった。

「失礼します！」

腰を直角に折ってから、少年は走り出した。みるみる遠ざかる背中を見ながら、娘は「牧原さんっていう名前だったんだ……」とつぶやく。

「千代《ちよ》ちゃん、あっちで一緒に食べよう」

海沿いの堤防に腰掛ける。水平線は、陽射しで白い一閃《いっせん》の光に見える。港に船はない。

「空っぽだねえ……沖にはきっと魚がたくさんいるんだろうけど、大きいのも小さいのも、木造の舟まで、供出しちゃったもんね。燃料もないし、米軍の撒《ま》いた機雷だらけだっていうし」

そもそも漁師も皆戦《いくさ》に行ってしまった。女子どもと年寄りは浜で貝を掘ったり、岩場にへばりつく海苔《のり》をかき集めるくらいしかできない。

「お刺身が食べたいね。塩焼きでも煮付けでも、何でもいいけど……ふふ、これからキャラメル食べるのに、口の中がしょっぱくなっちゃった。はい、千代ちゃん。皆には内緒だよ」

娘がいつの間にか、ほんの一刻前から親友だと思い込んでいる、セーラー服に木綿《もめん》のもんぺの千代ちゃんなんて、本当はどこにもいない。ごしょうばんはにんまりと笑い、手のひらに載せられたキャラメルの薄紙を剝《は》がし、口に入れる。気温ですこしべたつき、表面がねとっとしていた。

「甘いねえ」

歯を立てるとぎちっと硬く、濃い甘さはじゅわっとあふれた唾液《だえき》に溶ける。

「甘いもの食べると、こう、ほっぺた？　顎《あご》の下のところ、きーんとした感じにならない？」

指で皮膚を押さえると、おとがいの骨の形がすぐ浮き上がる。

「私だけかな。ねえ、このキャラメル、どんぐりパンに混ぜて焼いたらおいしいかな？　全部がうすーく甘くなって。溶けて駄目になっちゃうかな。おからまんじゅうにはちょっと合わないよね……ああ、こうやって歯を使うとそれだけでお腹が空いてくる」

娘は青い海をまぶしそうに見つめている。きっと魚のことを考えているのだろう。

「私、牧原さんなんか全然好きじゃない」

と、ぽつりとつぶやいた。

「見かけた時、いつも年下の男の子に威張り散らしてたし、顔もごつごつしてるし……でも、そんなことと関係なく、キャラメルはおいしいね」

ぐ、ぐ、と奥歯で嚙《か》み締めた後、広がる糖分を口じゅうで味わうためにぐっと唇を引き結ぶ。

「自分も食べたかっただろうにキャラメルくれるなんて、いい人だって思っちゃった。もし特攻から帰ってこられたら、もっと優しくしなきゃって……私、安いね、キャラメルひと箱で。ちいさい頃は、銀座《ぎんざ》の資生堂《しせいどう》パーラーでアイスクリーム食べたこともあったのになあ。つめたくてあまーいアイスクリーム、また食べたい」

口の中でキャラメルはみるみるしぼんでいく。平べったいかけらはすぐ歯茎《はぐき》の裏や奥歯にくっついて都度《つど》舌先で探る。

「でも、キャラメルひと箱で飛行機に乗らなきゃいけない人たちは、もっと安いね。安いはずなのに、キャラメル、甘くておいしくて、分かんなくなってくるね……人間とキャラメルはどっちが大事なのか」

ごしょうばんは何も言わず、キャラメルを舐《な》めて海を見ていた。

ごしょうばんは、自分がいつから生きているのか知らない。けれど、人間がちょんまげを結っていた時代を覚えている。それがいつの間にかなくなり、脚の形に分かれた服や腰に布を巻き付けただけのような服を着るようになり、馬ではない鉄の乗りものが大きな音を立てて里を走り、人の集まるところはやけにぴかぴかして夜でもまぶしくて目を開けていられない。そういう、時代時代の片隅でごしょうばんは今と同じく、人の心にするっと入り込んで食べものを掠《かす》め取っていた。

人間は、海の向こうの里と何度か戦をしたらしい。それほど遠くにいる相手と、何を争って戦うのだろう。ごしょうばんにはよく分からない。ただ、戦の前と後、人は沸いた。だから人は戦が好きなのだろう。勝てばもっと嬉しい。戦に勝てば潤う。それが欲しさに戦をする。戦は行《い》くさで、征《い》くさで、逝《い》くさなのだが、そんなのは大した問題ではなさそうに見えた——最終的に勝ちさえすれば。

ごしょうばんは、今という時代が嫌いじゃない。むしろ大好きだ。ごしょうばんが食べるのは、食べものそのものより、そこに込められた「思い」だったから。豊作の宴《うたげ》に潜り込んで食べる、こんもりしたぴかぴかの飯より、なけなしの米をちょこんと盛った陰膳《かげぜん》の、干からびた飯がうまい。飢えや欲をぐっとこらえ、誰かが誰かのために捧げる食べものは尊《とうと》い。それは供物《くもつ》に近い。だからごしょうばんは、ひょっとしたら神に近い生きものかもしれない。いちばんかわいいはずの我が身より大事な者のための食べものを口にする時、ごしょうばんの身体《からだ》は人知れず歓びにふるえている。ああおいしい、おいしい、おいしい。

今は、ぎりぎりのいい塩梅《あんばい》だった。人間は皆疲れている。多少の不便や不足はお互いさまとして、しばらくを耐えればいいはずだったのに、いったいいつ「しばらく」が終わるのか、誰にも分からない。ちょっとした節制や心がけですむはずの忍耐はいつしかどんどん膨《ふく》れ上がり、絶えず頭を押さえつける。どうしてだろう、どこかで何かを間違えたのだろうか。考えても考えても分からない。慎《つつ》ましく、身の丈を知り、決して法など犯さずに生きてきたはずなのに。間違えたとして、それが自分であるはずはない。自分に正せたはずもない。考えるだけで腹は減り、次の食事どきをどうやってしのぐかで、また頭をひねらねばならない。ねじれねじれた雑巾のような人間ども。両端を力いっぱい互い違いに回転させようとしているのが誰の手なのか、誰にも分からない。

からからのぼろから滴《したた》るしずくをごしょうばんはおいしくいただく。けれどももっともっとねじれが進めば、一滴も絞《しぼ》り出せなくなる。「誰かのための食べもの」など消え失せ、ただ生きるために奪い合うわずかな食糧があるだけだ。そんなのは好まない。人間は肥《ふと》っても痩《や》せさらばえてもよくない。だからこの、なけなしの情に踏みとどまれる絶妙にぎりぎりな時代がずっと続けばいい、とごしょうばんは思っていた。

ごしょうばんは、時に犬になった。柴犬《しばいぬ》の兄弟となり、欠けた丼《どんぶり》に盛られた最後の餌《えさ》に鼻先を突っ込んだ。

「ジョン、たくさん食べな……次郎《じろう》も嬉しそうだねえ」

「本当ね」

麦飯に、鶏《とり》をがらと一緒にぐつぐつ煮込んだ汁をぶっかけたそれはうまかった。獣の出汁《だし》でふやけたうす茶色い米粒、ごろごろと混ざった肉、細い骨の中の髄《ずい》にも牙を立ててばりばり食った。飼い主一家はその二匹の周りを輪になってしゃがみ込み、涙ぐみながら見つめていた。ごちそうのにおいに腹を鳴らしながらも、自分たちはおからのうすい雑炊《ぞうすい》で我慢して、犬に捧げた。

「お母さん、どうしても駄目なの」

娘が、母親に尋ねた。

「仕方がないよ」

母親は顔をゆがめて答える。

「動物園の動物だって、もう殺されたんだから」

「それは、空襲の時に逃げ出したら暴れるからでしょう。うちの子たちは賢いからそんなことしないよ」

「そうは言っても、お触れが出たものはどうしようもないんだから」

「食べたら散歩に連れて行く」

大粒の涙をこぼし、娘は行った。

「首輪を外して遠くに放してくる。警察の人には、逃げ出したって言うから」

「無駄だよ。帰ってくるよ。うちの子たちは賢いんだから。あんた今そう言ったでしょう」

「だって……」

人間たちが心のどこかで、ああよかった、と安堵《あんど》しているのをごしょうばんは知っていた。このまま状況が悪くなれば、自分たちはこの犬を食べるところまで追い詰められていたかもしれない。それより早く目の前からいなくなってくれてよかった。自分たちで手を下さずにすんでよかった。毛皮を取られ、肉は缶詰に加工される。目の前にいるのは肉であり素材でしかない。その先行きを分かっていて、なけなしのごちそうを食べさせた。飯を食う肉を見つめる肉の瞳を、ごしょうばんは、幻の犬の瞳で見ていた。

ごしょうばんは、時に猫にもなった。野良猫になり、ひとりぼっちのばあさんが闇市で買ってきた牛乳を舐めた。ばあさんは温めた牛乳をふうふうすすり、表面に張った膜《まく》を唇にくっつけながら「誰にもやるもんか」とつぶやいた。

「先月の空襲の時、あたしは防空壕《ぼうくうごう》から弾き出されたんだ。もうひとりぐらい入れる隙間《すきま》はあったのに、あいつらは……もうこの町内の誰も信用できないよ。身寄りのないごくつぶしなんてくたばってもいいと思ってるんだろう。銃後の守りにもなりやしないからね」

真っ白い牛乳が入った一升瓶《いっしょうびん》をたぷたぷ揺らして、歯のない笑顔を見せる。

「見せびらかしてやった。どいつもこいつも、物欲しそうにしてたよ。憲兵《けんぺい》がきたって構うもんか、こんな老いぼれを牢屋《ろうや》に入れるってんなら好きにすりゃあいいよ。誰にも、ひと口だって一滴だってやらない。……でもお前は別」

黒い野良猫の、やせた背中をやせ衰えた手がぶるぶるふるえながらさする。

「いつもお前だけがあたしを慰めてくれたから。捕まって皮を剝《は》がれたりするんじゃないよ、生き抜くんだよ。お前がいてくれるから、あたしは業突《ごうつく》ばばあのままで死なないですむ。あの世で息子に会っても恥ずかしくないんだよ」

黒猫は――ごしょうばんは、畳《たたみ》に這《は》いつくばってぴちゃぴちゃと牛乳を舐めていた。口周りの毛を白く染めながら、かすかに血のにおいのする、うす甘い牛の乳を夢中で飲んでいた。

失敗した、と思った。ごしょうばんはその日、寺の小坊主《こぼうず》になっていた。寺の跡取り息子が召集されたので、最後の膳《ぜん》を囲む夜だった。庫裏《くり》にまで抹香臭《まっこうくさ》さが漂い、何だか息がしづらい。それでも我慢して正座していると、脚つきの膳《ぜん》が行き渡り、つるりと頭を剃《そ》り上げた青年が「きょうまでお世話になりました」と頭を下げる。住職《じゅうしょく》らしい中年の男は「うむ」と何だか妙に満足げな表情なのだった。

「精いっぱい勤めてきてくれ。忸怩《じくじ》たる思いがあるだろう、それは私も同じことだ。仏の教えを思えば、ふがいなさに心が痛む。しかし、私の師は流言飛語罪《りゅうげんひござい》でしょっぴかれた上、僧侶《そうりょ》の最下層にまで貶《おとし》められてしまった。目をつけられて前科者になるわけにはいかない。

……分かるな？」

「はい」

「人々と同じ苦しみに落ちるのも大事な修行と思いなさい」

「はい」

青々とした頭のてっぺんで、点線のように描かれたつむじが見える。兵隊の坊主頭と坊主の坊主頭はどこかが違う、とごしょうばんは思ったが、どこがどうとは分からなかった。

男が、心にもない返事をしたのは分かった。

「よろしい。さ、食べなさい。お前のためにと檀家《だんか》の人々が下さったのだ。うかつな声を上げれば警保局が飛んできてこのようなお心遣いさえいただけなくなるのだからね」

とうもろこし、かぼちゃ、いも、なす、さまざまな野菜の天ぷら、すいかも出た。ここのところ、とんとお目にかかっていなかった酒も酌《く》み交わされた。

がつがつ食らっていると、ふと視線を感じた。あす、兵隊に行く今夜の主役だった。今まで出会ってきた人間と違う、きれいな水で洗って晒《さら》したように白目の澄んだ男だった。魚なら喜んで食いたいが、あいにく人間そのものを食う習いはないので嫌な気持ちになった。

「おいで」

男がごしょうばんを手招きした。なぜか、みぶるいする心地になった。

「確かお前は、越谷《こしがや》のおじさんから預かっている子だったね。そう細くちっちゃくては心配だよ。私のぶんもすいかをあげよう」

大丈夫だ、この男もちゃんと騙《だま》されている。でもごしょうばんは、なかなか腰を上げられなかった。住職が「せっかくだからいただきなさい」と早くも一杯機嫌で顔を赤らめて促すので渋々皿を持って立ち上がり、三角に切ったすいかを受け取った。

「たくさん食べなさい」

未練や不安をたっぷり抱えながら出征《しゅっせい》していく人間の、思いやりにあふれたご相伴なのだから、この上もなく美味なはずなのに、ちっともうまく感じなかった。この男は命や食べものを惜しんでいないのだろうか。早くも死ぬ心持ちなのだろうか。つまらない、と思った。執着と良心のせめぎ合いからかろうじて生まれてくるご相伴に与《あずか》りたいのであって、はなからの無私など何の値打ちもない。

今晩の食事は、失敗だ。早く消えてしまおう。いつもなら便所に行くような気配で、煙のごとくお暇《いとま》できるはずだった。なのにふっと立ち上がると同時に「すこし散歩をしよう」と誘われた。消える瞬間を捉えられたのは初めてだった。小坊主の姿のままのごしょうばんは手を取られ、焦った。焦ったが、腕力がないのでどうにもならない。

すこし小高い丘に建つ寺の門から街を望むと、真っ暗だった。灯火《とうか》管制《かんせい》、という言葉は、どこかの、潜り込んだ家で覚えた。あんなに夜も輝いていた地上は、人間のにぎわいはどこかに行ってしまった。きのうまでそうだった気もするし、百年も前に変わり果ててしまった気もする。今はただ、満月が明るい。

ごしょうばんを伴《ともな》った男は、夜空の遠くを指差した。月でも星でもないところ。

「西の方に、海を越えたずっと遠くに、私たちと同じような仏の教えを尊《とうと》ぶ人たちがいるそうだ」

静かに言った。

「彼らは身体《からだ》に止まった蚊も殺さないと聞く。そして、砂絵を描くんだ。分かるか。砂で丹念に丹念にこの宇宙を描き、描き終わったら川に流してしまう……分かるか」

ごしょうばんには宇宙など分からなかった。それよりも、ぎゅっと手を握ったままの男が、夜の木々たちが怖かった。ひそやかに静まりかえったようでいて、いろんなものが呼吸をしている。虫けらや鳥やちいさな獣たち。自分は、死に絶えた山しか知らない——自分とは、誰だったろう。ここに、この僧侶といると、空腹とはまったく違うざわざわした唸《うな》りが起こる。とてもよくない気がするのにごしょうばんは消えることができない。

「私も、いつかはそこに行っていろいろなことを学んでみたかった。……でももうその資格を失うだろう。投獄《とうごく》覚悟で不殺生《ふせっしょう》や兵戈無用《ひょうがむよう》を貫く勇気もなく、自分が死ぬのも恐ろしい。私は自分が情けない。それでも、数珠《じゅず》と袈裟《けさ》は荷物の中に入れて、あちらで仲間が死んだらせめて心を尽くし弔《とむら》っていこうと思う」

どうしてこんな話をするのだろう。小坊主の姿でいるからか。ごしょうばんはわけも分からず恐ろしい。夜も月も、この男の月より丸い眼《まなこ》も。この世のすべてが恐ろしかった。憶えのある感覚だった。あれはいつ、どこでだったのか。思い出せないまま、怯《おび》えたまま、けれど夜より深い黒目から視線を逸《そ》らせずにいると、不意に手が離れた。

「……お前は、」

しかしほっとする間もなく、両の手でがっちり肩を摑《つか》まれる。

「人間ではないのだろう」

言い当てられた。その驚きすら、まん丸い闇の中に吸い込まれていきそうだ。宇宙というのは、これだろうか。

「私のような半人前には確《しか》と分からないが、お前は、昔人間だった、今は違う何者かだ」

人間だった。その言葉でごしょうばんはとうとう男の眼球の中にしゅるりと呑《の》み込まれてしまう。

そこでごしょうばんは見た。鳥も獣も虫もいない、死んだ山を。枯れ果て、ひび割れた泥地になり果てた田畑を。そこでごしょうばんは生きていた。皆が飢えていた。馬を捌《さば》き、犬ころも、烏も、虫も、草の根も木の皮も食べた。それでも飢えて飢えて飢え尽くしていた。日は照り、世界はどんどん静かになっていた。人は骨に皮を張りつけて地べたに這いながら干《ひ》からびた唇を動かし、そこに入ってくるものを何でもいいから求めていた。

ごしょうばんも飢えていた。泣く元気さえ失い、日がな一日うずくまって指をしゃぶった。唾液《だえき》も出ず、舌は干し肉のようだった。歯茎《はぐき》が痩《や》せたせいか、生え替わらないまま歯が抜けていった。頭も目も耳もぼんやりしているのに、空腹だけが刺すような鋭さで全身に訴えかけてきた。食べたい、食べたい、食べたいよう——。

張り子の虎よりぐらぐらと不安定な首に、手がかかる。そのままきゅうっとこもる女の力さえ、弱々しかった。あれでは鶏《にわとり》も締められなかったに違いない。けれど衰えきってい た子どもの息の根を止めるにはじゅうぶんだった。枯れ木が枯れ木に絡みつくようなありさまで、頭が何倍にも膨《ふく》れる心地がして、堰《せ》き止められた呼吸は胸でしばらく暴れたが、やがて完全に止まった。見開いたままの目に、鉈《なた》が映った。それを振りかぶる女の目もぎょろぎょろと飛び出していて、脂《あぶら》っ気というものがみじんもなく乾ききっていた。涙に換えられる水気もなかったか、泣くという気持ちがもう死んでいたのか。身体より心が先に死ぬのだ。

こんなに乾いているのに、光っている。肉を目の前に、ぎらぎらと。日照りの太陽より強い光で、そこに映っているはずの自分の、影も形も見えない。

「――……おっかあ」

あの、最期の時、口にしたかった言葉がこぼれると同時に、ごしょうばんは元の、闇夜の寺の前に戻っていた。男の両目からははらはらと涙がこぼれ落ちていたので、これに押し流されて出てきたのかもしれない。

夢でも幻でもなかった。自分はかつて、確かに人間で、そして生みの母に殺され、解体され、食われた。人として生まれ、肉として終わった。

そうして気づけば人でも肉でもなく、けれど確かに生きている証拠に、腹が減っていた。人が自分を差し置いて、飢えに耐えて差し出すものが食べたかった。一粒の米、ひと匙《さじ》の水でも捧げられてみたかった。自分の欲望や命と秤《はかり》にかけても重いものはあると、何度でもこの空《から》っぽの身に教えたかった。名前すらつけられないまま、すべてを踏みつけにしてしまう飢餓《きが》の果てに死んだ子どもだったから。

「かわいそうに」

男は静かに泣きながら言った。ごしょうばんは生まれて初めて、自分が化けた何者かでなく、ごしょうばんのために泣く人間を見た。身体の中で熱い小便を漏《も》らしたような、じわりとにじむこの心持ちを何と呼んでいいのか分からない。

「このままさまよっていたら、お前は餓鬼《がき》になってしまうかもしれない。どうか、私を待っていてくれないだろうか。きっと帰ってきて、修行を続けてお前を救えるような僧になってみせるから」

頬《ほお》に落ちてきた涙も湯かと思うほど熱く、そして口の端から流れ込んできた味はしょっぱくてうまかった。ごしょうばんはぺろりと舌なめずりをして頷《うなず》いた。


それから数日して、夜空が真っ赤に燃えた。地面も真っ赤だった。男が旅立った後の寺も、赤く紅く朱く、炎の指をいっせいに空へと伸ばし、燃え盛っていた。真っ赤な空に影絵のような黒い大きな鳥の群れがはばたきもせずにばらばらと骨を砕《くだ》いているような音を立てて押し寄せ、黒い卵をいくつも産み落としていった。それは地上で割れるより先に弾け、火の破片をちりぢりにまき散らして街を舐《な》め、家も人も道も一緒くたの真っ黒い消し炭にしていく。

熱い。まぶしい。騒がしい。これではおちおち寝てもいられない。この場所さえ憶えておけばいいだろう。ごしょうばんは遠くの山へ逃げた。土の中で木の根に搦《から》め捕られるようにして休んだ。こんな形の虫を昔食ったような気がする。それとも虫の形の植物だったのか。自分は人の形で人でなく、いったい何なのか、何になれるのかと考えた。餓鬼とは何だろう。悪いものだろうか。でも何かになれるのなら、それはいいことではないのだろうか。考えても答えは出ず、ごしょうばんはすぐに諦めた。あの男が帰ってきたら教えてくれるに違いない。

それからどのくらい眠ったのか、地中深く、地響きのような振動が轟《とどろ》いてきた。どこからきたのか分からない。その後、土の中はしんとなった。地上に出るのを心待ちにしている蟬《せみ》のうごめき、木の根が水を吸い上げる呼吸、蟻《あり》が巣を作るため土を掘る音、すべてがやんだ。何もかもがいっせいに口を噤《つぐ》んだ。こんなのは初めてだった。暗いところで目を閉じているのに、なぜかまなうらが真っ白に弾けた。白いのに明るくはなかった。恐怖に似て違う感情にごしょうばんはぎゅっと丸まった。肝《きも》が冷えたのではなく、温度そのものが自分と周囲からそっくり消し去られてしまったような、果てしのない空虚だった。そのふるえは、しばらく経ってもう一度起こった。一度目よりはすこし弱かったが（遠かったのかもしれない）、間違えようもなく同じものだった。奪う意思も殺す意思もなく、すべてを真っ白に空っぽに、初めからなかったもののように消してしまう、食らいもせず焼きもせず、生き物でも火でもないこれは何なのか。ごしょうばんは、地上にいる誰のことも取り立てて案じはしないが、あの僧はきっとずっと遠くにいるはずだから大丈夫だろうと思った。このふるえも虚無も届かない場所にいる。それはすこし、ごしょうばんをほっとさせた。

木の根っこは、鳥籠《とりかご》みたいにごしょうばんを包む。ごしょうばんは眠った。男が帰って
きたら、きっと目を覚ますだろう。だから眠り続けていたかったのに、腹が減ったせいか、
いつの間にか地上に這《は》い出ていた。街はずいぶんと見晴らしがよくなっていた。瓦屋根《かわらやね》の
家も駅舎も商店街も姿を消し、見張り番のように炭色の電柱が行儀《ぎょうぎ》よく並んでいるが、電
線はない。更地になった地面は焼いた秋刀魚《さんま》の腹みたいにあちこち黒くほころびていた。
骨と皮に似たこしらえの、息を吹きかければ倒れそうな家がそれでもおそろいのぼろっち
さで並び、火事の煙とは違うまろやかな湯気があちこちから立ち昇っていた。これは竈《かまど》の、
台所の気配だ。ごしょうばんは雑踏の中に紛《まぎ》れていた。視点が低く、自分が子どもの姿に
なっているらしいと分かる。さて、これで誰のところに行けばいいのだろう？　今までは
気づいたら何かしらの関係の輪にいて、息をするのと同じ自然さで溶け込み、溶け込むこ
とにも溶け込んでいたのだが、今、ごしょうばんに目をくれる者はいない。

しょうゆやみそやその他いろんなものがドラム缶で温められたにおいと、大地にしみつ
いた焦げ臭《くさ》さと、人間の汗臭さが混じってむっとする。押し合いへし合いする腰や脚に蹴《け》
られたり押し潰されそうになりながらごしょうばんはさまよった。

何かが変わったらしい、と思う。裸の地面にへばりつく人間たちの顔つきが、山で眠る前と明らかに違うのだった。何より、子どもと年寄り以外の「男」がたくさんいる。戦《いくさ》が終わったのだろうか。海の向こうとはどうなったのだろう。勝った負けたは、ごしょうばんにはどうでもいいことだった。ただ、あの僧も帰ってくるかもしれない、と思ったらすこしいい気分になった。この、平べったくなった街で、大きな大きな砂の絵を描けばいい。寺の門の上から男が描いた絵を見下ろせば、ごしょうばんにも宇宙というのが何か分かるかもしれない。それがとても良いものだったら、川に流さずそのままにしておいてもらおう。

そうだ。寺に戻り、男の帰りを待っていなくては。きびすを返すと、勢いよく人間にぶつかった。

「おい、気をつけろ」

野太い声が降ってくる。ひげがぼうぼうの、このところとんと見かけていなかった背の高い男だった。丼《どんぶり》を手に「こぼれるだろうが」とごしょうばんをにらみつける。

「小汚えガキだ、あっちへ行け」

ごしょうばんには自分の姿が見えないので、小汚いかどうか知らない。でも、泥と雑草を練《ね》り合わせてあちこち破いたような男の格好とそんなに違いはないだろう。しっしっ、と爪の真っ黒な手で払われ、ごしょうばんもあの男以外に用はないので大人しく離れた。頭上を行き交う声はどれも怒鳴り立てるようで、こんなところにいてはあの男の声が聞こえない。ガキ、というのは「餓鬼」とは違うものだろう。

「おい」

いきなり、肩をがっしり摑《つか》まれた。振り返るとさっきの、痩《や》せ細った熊みたいな男だった。

「お前、親はどこだ」

そんなものははなからいない——いや、いたような気もする。何か大事なことを思い出したはずなのに、また忘れてしまっている。それもあの男に会えば何とかしてくれるだろう。ごしょうばんが返事をせず棒立ちになっていると、男は苛立《いらだ》ったのか舌打ちをし「食え」と丼を差し出した。わけも分からず受け取る自分の手は小さくがりがりで、薄い皮膚《ひふ》を器《うつわ》の熱が焼いた。

「ぐずぐずしてると取られちまうぞ、早く食え、のろま——おい、ガキがいるんだよ、押してくるんじゃねえ」

「兄さんそれ残飯シチューだろ、どこに売ってた?」

「ああ、あっちの方だよ。並ぶぞ。十円だ」

「高いな」

「でもあそこの店のは、たばこがそんなに入ってねえんだ。上等だよ」

箸《はし》もないので、ひびだらけの丼にそのまま口をつけ、油の輪っかが浮く汁をじるると啜《すす》った。どろりと、半ば塊《かたまり》に近い状態で滑り込んできたものは、今までに食べたことのない味だった。魚や昆布で取った出汁《だし》とは全然違って濃く、どこか獣くさい。前歯でぷちっとつぶれたのはとうもろこしの粒、どろどろになったにんじんやじゃがいもの存在も分かる。豆も流れ込んでくる。筋っぽいものは、牛の肉だろうか。細く固いのはおそらく鶏の骨だろう。

いいものも悪いものも、うまいものもまずいものもごった煮にされていた。それはこの人混みのごった煮とよく似合っている。人間は「何もない」より「ごった煮」を選び、これからも続くのだろうと何となく思った。どろどろをすべて飲み干し、器に顔を突っ込んで舐め尽くすと、男は空っぽの丼を引ったくってどこかに行ってしまった。急いで食べたから、すこし膨《ふく》れた腹の中がじんじんと熱い。手のひらを当てると温かかった。

ごしょうばんははたと気づく。自分は今、何者でもなかった。騙《だま》して掠《かす》め取った食べものとは違う。どんな姿でいるのか定かではないが、さっきの男は、何の関係もないごしょうばんに与え、去って行った。どうしてだろう。どうしてか分からないので、うまいかまずいかも分からなかった。熱さだけを確かなものとして寺に戻ると、再び眠りについた。

そこから、またどれくらい経ったのか、自分の内臓だけがずるっとどこかに引っ張られるのを感じた。蝉のような抜け殻《がら》を地中に残したまま。はらわたよりずっと長く離れた場所へひゅるひゅると連れて行かれる。遠さに気も遠くなり、それから、ただならぬ寒さではっと我を取り戻した。

寒い。歯の根が合わない。色のない世界だった。細かい雪がほとんど真横に吹きつけ、空気はねずみ色をしている。あたりには平屋の馬小屋みたいな建物が並び、その周りはぐるりと細いとげのついた黒い縄で囲まれている。天を突き刺すような鋭い形の、背の高い樹木が雪の向こうで霞むように見えている。それにしてものが見にくい、と思えば、まつげにちいさな氷の粒がびっしりまとわりついている。払いのけようとする手には指のない手袋を嵌《は》めているのだが、それすら凍り付いてばりばりと音を立てた。

背後から固いもので背中を突かれた。積もった雪の中に倒れ込み、そこが存外温かいのに気づいてこのまま寝てしまおうかと思ったが、両脇から抱え上げられた。

「おい、大丈夫か」

左右には、雪と見分けがつかないほど真っ白な顔をして、こけた頬の男たちがいる。

「しっかりしろよ」

「お前は、あの人と仲が良かったから、辛《つら》いんだろうな」

「最期に別れを言わせてくれるだけ、お慈悲《じひ》だと思おう」

「しかし、俺は日蓮宗《にちれんしゅう》なんだが……」

「やつらには違いなんて分からんよ。九九《くく》も知らないいんだからな」

　また、背中に固いものが当たる。振り返ると、背の高い、初めて見る類《たぐい》の顔立ちをした男がふたり、険しい顔で細長い鉄の塊《かたまり》を構えている。頭にはこんもりとしたおかしなかたちの毛皮をかぶっていた。こいつらも白い顔だったが、ごしょうばんと一緒にいる男たちとは違って、そもそもの血からして牛乳か何かではないかと思わせる、根っからの白さだった。それが、凍った眉毛を吊り上げ、うっすらと灰色がかって青い目でこちらをにらみ、しきりとダワイとかダーバイとかわけの分からぬ言葉を繰り返す。

「ほら、行こう。反抗的な態度を取るな。やつらの気が変わったらどうする」

　反抗したかったわけではなく、ふしぎだっただけだ。ここがどこで、いったい何を食べるために呼ばれたのか。分かっているのはとても寒い場所で、おそらく自分は大人の男の姿なのだということくらいだ。

　追い立てられて向かったのはちいさな小屋で、中に入るとびょうびょうという雪の吠え声がすこし遠ざかった。ガラスの中にちいさな火が燃える灯し火が、やっと目に入った色らしい色だった。

粗末な机と粗末な寝台、そこに横たわっているのは、あの男だった。瘦《や》せ細った代わりのように、髪の毛とひげが伸びている。男はごしょうばんを見ると、虚《うつ》ろな眼差《まなざ》しで弱々しくほほ笑んだ。

「お前か」

しかしすぐに蒼白な顔をくしゃっとゆがめて「すまない」とささやいた。ぺらぺらの掛け布団の下の身体《からだ》はぺしゃんこで、本当に存在するのかどうかも怪しい。

「約束をしたのに、守れそうにないよ」

布団の下から、小枝より軽く折れてしまいそうな手を伸ばし、寝台の側の机を指差した。

「せめて、それをお食べ」

薄い、べっこう色の澄まし汁の中に青いトマトがひとつ、ぷかぷか浮いていた。ごしょうばんは別にそれを食べたくないと思った。けれど男は「お食べ」と繰り返した。

「もう……私が食べても……滋養《じよう》にはならない」

「そんなことを言うな」

一緒にいた男が、声を詰まらせながら言った。

「いえ、そうなんです。皆さんに、お世話になりましたと伝えて下さい。こうして、屋根の下で死ねるだけでも私は果報者《かほうもの》です。……あなたたちが日本に帰れるよう、仏のもとで祈ってます」

ごしょうばんは、汁を手に取り、一気に飲み干した。むわっとした獣の臭《にお》いが口の中に立ちこめる。牛でも豚でも鳥でもない、もっと野蛮《やばん》で強烈な臭い。そしてかしゅっと嚙《か》んだトマトは固く青臭くてたまらなかった。まずい、と初めて思った。死の淵《ふち》で捧げられた食べものを、初めて。

まずくて、涙が出る。あるいはまつげの氷が溶けただけかもしれない。なのに男は嬉しそうに頷《うなず》くと、それきり目を閉じた。

まばたき一回の後には、土の中に戻っていた。幻を見たのだろうか。ごしょうばんは幼虫みたいに丸くなる。ほかに行くところも帰るところもありはしないので、やっぱりここで待ち続けることにした。

ごしょうばんはうつらうつらと眠った。土の上の喧噪《けんそう》は何となく伝わってきた。寺がつぶされ、木は切られ、土はあんこをどろどろにしたような、つんと臭いもので蓋《ふた》をされた。それは乾くとかちかちになって、その上にいくつも家が建った。四角い家を縦に重ねた大きな家も建った。ごしょうばんは、やがて男のことを忘れた。寺のことも、まずかった汁や残飯シチューや牛乳や、自分が食べてきたもののことも忘れた。忘れたことも忘れ、ただ、「何かを待っている」という気持ちだけが残った。ごしょうばんはまた腹が減ってくる。空腹の上で時は流れる。


——やば、今炭水化物抜いてるんだった。ごはんいらないって言うの忘れちゃった。食べる?

——いらねーし。

——じゃあしょうがないかあ。てかフライの衣だけ剝《は》がしてんの?　必死感。

——あんたに言われたくないよ。肉食べたかったんだもん。


——もうごちそうさまなの?　だからそんなに頼んで大丈夫かって訊いたでしょ!　ママ食べてあげないからね!

——だってえ……。

——あー、あんまがみがみ言わない方がいいらしいよ、今は。却《かえ》って食事がストレスになったら本末転倒じゃん。

——そうそう、うちの子の小学校も給食残していいんだって。

——まじ？　私、放課後までひとりで食べさせられた記憶あるよ。セロリがどうしても駄目で、もうあれはほんとトラウマ。

——分かるー。うちらもそんな時代に生まれたかったよね、無理なもんは無理じゃん。

——そうそう。昔、誰かが言ってた。アフリカの子どもだってお腹いっぱいになったら残すって。

——ほんとそれ。


——おっけおっけ、写真撮れた～めっちゃいい感じ！　今送る～。

——てかこれでかくね。食べきれる？

——むり～。上の方だけかじれば？　そんでパフェ食べ行こ。期間限定のいちご鬼かわいいから。

——こいつこないだ、あそこの大食いチャレンジしたんだって。特大チャーハン制限時間三十分で十万円もらえるやつ。そんで半分もいけてねーの、やばいだろ。

——あの量は無理だったわ～。罰金三千円とか泣く。もう米粒見ただけで吐きそう。

腹は減っているのに、ごしょうばんの欲しいものは見当たらないようだった。ごしょうばんは自分が何を待っているのか、思い出した。

戦《いくさ》だ。

また戦が来れば、うまいものにありつけるに違いない。人間が泣きながら、惜しみながら与えるこの世で最高にうまいもの。ああ、早く食べたい。人間の足の下で、きょうもごしょうばんはひっそりと祈り続けている。腹を鳴らして思っている。

早く戦が来ますように。誰も彼もが飢えますように。食べたい、食べたい、食べたいよう。

35mm
未満の革命

ゆきた志旗

ズズッ、と啜《すす》った麺の尻尾《しっぽ》が丼《どんぶり》の湖面で躍り、琥珀《こはく》色のかけつゆを跳ね上げた。頬《ほお》についたそれを、箸《はし》を握ったまま親指の腹で拭《ぬぐ》う。練《ね》った小麦のもっちりとした弾力と喉《のど》ごし。澄み切ったつゆは、鰹《かつお》と昆布のうま味に醤油《しょうゆ》の塩気がちょうどいい。

　余計なものは何もない。小麦、だし、醤油。それだけが伊藤《いとう》の身体《からだ》に入る栄養だった。

「伊藤、おまえまたそれだけか。いくら金がないったって、たまには米食え米、あと肉」

　そう言ってテーブルの向かいにラーメンの丼を置いたのは、同じゼミの高橋《たかはし》だ。伊藤も本当なら百円の定食、いやせめて五十円のカレーライスを食べたいところだが、この具なし素うどんは三十円。二十円の差は大きい。

「聞いたか？　今日の午後は休講、講堂で工事をするんだとさ。机と椅子《いす》を全部、床に固定した動かせないやつにするらしい。バリケードの材料とか凶器にされないようにだと。ほら、東大《とうだい》の安田講堂《やすだこうどう》でも投石代わりに机や椅子を投げたり落としたりしてただろ」

　高橋は縮れ麺を啜り、黒縁《くろぶち》の眼鏡《めがね》を湯気で曇らせたまま話す。うどんも美味《うま》いが、ラーメンのこってりした匂《にお》いにはそそられる。何より具が、タンパク質が魅力的だ。

「僕はテレビで見ていなかったからそこまでわからないけど、うちもこのところ学費の値上げで揉《も》めているみたいだから、用心してるんだろうな」

「あいつらもよくやるよなぁ、今日も中庭でアジ《煽動》演説してる連中がいたよ。まぁ、いきなり学費が倍近くになったら死活問題なんだろうけど、今年度で卒業する俺たちには関係のない話だ。あれ、そういやおまえはもう単位も取れてるし、講義に出る必要ないんじゃなかったか？　何で大学に来てるんだよ」

「学食《ここ》が一番安く飯が食えるんだ。それに下宿の部屋は陽が当たらなくて寒い」

昭和四十四年、十一月上旬《じょうじゅん》――東京にも木枯《こが》らしが吹き、寒さが本格的になってからというもの、伊藤はここで日に一杯か二杯の素うどんを啜り、夜まで部室で過ごして、下宿に寝に帰る生活を送っている。下宿には飯代を払うのをやめたので食べ物は出てこない。何もせずじっとしていれば腹も空かないかと思ったが、そんなことはなかった。寒さに耐えているとそれだけで飢える。

ただの貧乏学生といえばそれまでだが、伊藤はこのつましい暮らしに、ちょっとした充実感を覚えていた。目的のある貧乏は、時に楽しい。腹の皮が背中にくっつくことになったとしても、手に入れたいものが伊藤にはあった。そのための倹約だ。

「ああ、大事なことを言い忘れてた」高橋はそう言ってからも呑気《のんき》に丼を傾け、喉で味わうようにスープを飲み下してから続けた。「柳《やなぎ》教授がおまえを呼んでたぞ。ゼミ室に来いって」

「そういうことは早く言ってくれ」

かく言う伊藤も、麵のひとかけ、かけつゆ一滴をも残さず平らげてから、ようやく席を立った。当然だ。時間はいくらでもあるが、今日腹に入る物はこれだけなのだから。

学食を出て学部棟に向かっていた伊藤は、中庭の手前で見知らぬ学生から一枚の紙を手渡された。ガリ版刷りの角ばった字で、〈大学当局のギマンを許すな！　不当な学費値上げ断固反対！〉〈決起せよ！　共に斗《たたか》い大学自治をかちとろう！〉等と全体的にヒステリックな文章が並んでいる――アジビラである。伊藤は歩きながらそれを折り畳《たた》んで、尻ポケットに突っ込んだ。裏が白いので、メモ紙に使えそうだ。

中庭にはアジビラと同様の文言を記した立て看板があり、その周囲で数人の学生が声を張り上げ、「権力の横暴を許すなー！」というようなことを繰り返している。ヘルメットや覆面まではしていないが、ゲバ棒――身の丈ほどの長さの角材を片手に握り、下端で地面を突いて、武力《ゲバルト》闘争も辞さぬ意気であると誇示する者もある。

そんな彼らを横目に伊藤が思うことといえば、あんなことをしていたら余計に腹が減りそうだ、というくらいであった。

ゼミ室の窓から中庭を鷹揚《おうよう》に見下ろす柳教授は、伊藤に背を向けたまま尋ねた。

「うん、きみ……伊藤君ね。きみの卒論のテーマは、何だったかね」

「法律学的見地からホメロスを読み解く、です」

「うん……うん、そうだね。確かにテーマは自由だと言ったけれどね」

「イリアス、オデュッセイアの社会はまさに無法です」

「神話だからねえ」

教授は腰に組んでいた手を離し、片方を口元に運んだ。髭《ひげ》を撫《な》でているらしい。

「不法行為があった時点で都度《つど》司法が介入していれば、トロイ戦争は起きませんでした」

「そうかい。それは良かったね。きみは古代ギリシアに生まれていれば、法律家になれたかもね。ところできみは、うちが法学部だと知っていたかい？　文学部ではないんだよ」

「はあ」

実を言えば、伊藤には文学部に入りたい気持ちもあった。この通り論文の評価が芳《かんば》しくないことからも察せられるように、文章を書くのは苦手だが、読むのは好きな方だ。しかし、文学部では親が納得しないのは目に見えていた。男が文学なぞ学んで何の役に立つのか、軟弱者めと父に殴《なぐ》られるに決まっている。

軍人だった伊藤の父は、戦後職に困りひどく苦労した。親戚《しんせき》のツテで何とか勤め先を見つけたものの、今さら年端もゆかぬ若造たちから教わる立場に甘んじることも屈辱《くつじょく》であったが、それ以上に、勤め人として役立つ知識も経験もなく、自分が無能に思われたことが何より堪《た》えがたかった。

　そんな経験があってか、父は伊藤が幼い頃から、男なら将来つぶしの利《き》く学問をせよと言い聞かせてきた。そんな風に育てられ、それに反発するほどの情熱も持ち合わせていなかった伊藤は、一番つぶしの利きそうな法学部に進学したのだ。

「まあ、きみは法曹界《ほうそうかい》に入るわけじゃないし、敢えて論文を書き直せと言うつもりはないよ。うん。これはこれで、受け取ろう」

　伊藤は司法試験を通過しなかった。だが既に、郷里である宮城の企業に就職の口を見つけている。見事つぶしを利かせたというわけだ。

　しかしそんなことを言うためにわざわざ自分を呼び出したのか？　と疑問に思いながら教授の白い後ろ頭を見つめていると、くるりと身体がこちらを向いて、その位置に顔がきた。ようやく伊藤と目を合わせて、教授は言う。

「きみはこの通り、たった今卒論も終わったことだし、司法修習に備えて勉強する身分でもない。それに一応就職も決まっているそうじゃないか」

　言葉を尽くして伊藤が暇人であることを証明した教授は、ここでようやく本題に入った。

「きみのその閑暇《かんか》を活《い》かして、家庭教師をやってみないかい。うちの理事がね、高校生の甥御《おいご》さんの家庭教師に学生を寄こしてくれと言うんだよ。いや元は別の学生が行っていたんだが、怪我《けが》をしたとかで、しばらく休むそうでね」

　白い口髭がふくらむのを、伊藤はじっと見つめていた。この先に出るはずの言葉を聞き漏《も》らさぬよう、集中していた。

「どうだい？　ちゃんと給金は出るそうだよ」

　断る理由など、どこを探しても見つからなかった。


　収入の見込みを得たのだから、少しくらい贅沢《ぜいたく》をしてもいいだろう。

　アルバイトは早速今日からとの話だったが、伊藤はその前に三十円をはたいて山手線《やまのてせん》に乗り、街へとくりだした。といっても伊藤が電車を降りたのは、新宿《しんじゅく》でも原宿《はらじゅく》でもなく、電気街で有名な秋葉原《あきはばら》である。

　看板ひしめく駅前。居並ぶ電機店の軒先《のきさき》には、カラーテレビがブロック塀《べい》のように積み上げられている。他にもラジオやオーディオ、バッテリー、クーラー等さまざまな文明の利器が溢《あふ》れる街の喧騒《けんそう》から逃れるように、伊藤は神田《かんだ》方面へと歩いた。

　やがて立ち止まったのは、裏路地にひっそりと佇《たたず》む、店かどうかもわからないような店の前。ガラス戸に貼られた黄ばんだ半紙だけが、一応商いをしていることを主張している。

『カメラ　新品・中古アリ〼《マス》』

建て付けの悪い戸をガタガタ鳴らして中に入ると、木箱の椅子に腰かけて新聞を読んでいた年配の店主が、こちらを向いて眼鏡《めがね》を外した。

「やあ、あんたか。やっと金ができたのか」

「まだだけど、もうすぐ買えそうなんだ。目途《めど》が立ったらちょっと見たくなって。いいかなオヤジさん」

まったくしようがねえなあ、とぶつくさ言いながらも、店主は咥《くわ》えていた煙草《たばこ》を傍《かたわ》らの灰皿に潰し、腰を上げる。ほれ、とぞんざいに手渡されたカメラは、伊藤の手にずしりと重みを感じさせた。小型・軽量も売りの一つであるモデルなのだが。

アサヒペンタックスSP——この国に初の国産一眼レフカメラを産み落とした旭光学工業《あさひこうがくこうぎょう》が、その技術に革新を重ねて創り出した、革命的ベストセラー機だ。

伊藤はまずうっとりと、そのそっけないほど機能重視で飾り気のない銀色の上部——軍艦部を眺める。軍艦とはよく言ったもので、フィルム巻き上げレバーやシャッタースピードダイヤル、巻き戻しクランクは回転式の砲塔に似ている。ペンタプリズム式カメラは軍艦とは呼ばないとする向きもあるが、中央に山のように突き出したペンタ部こそ、艦橋《かんきょう》構造物そっくりではないかと伊藤は思う。皺模様の黒革を張られたボディも、どこまでも深い大海の水を表現しているかのようだ。

フィルムが入っていないことを確認して空《から》シャッターを切り、その音と感触を味わう。指がうずうずする。早くフィルムを入れて、写真を撮りたい。

「中古なら安くしてやるけど」

「いや、これはケチらず新品を買いたいんだ。相棒になるんだから」

堅牢《けんろう》にして機動的、実用性を究《きわ》めたこの名機は、発売から五年が経った今でも人気が衰えていない。最新機種ならば同シリーズでも昨年発売されたばかりのＳＬがあるが、これはＳＰからＴＴＬ露出計を省《はぶ》いた廉価版《れんかばん》という位置づけであり、やはり伊藤が狙うのはこのＳＰだ。

「いつまで五万で売ってやれるかわからん。借金の利子が膨《ふく》らむみてぇにドンドン物価が上がってんだ、早めにしてくれよ」

「大丈夫、ちゃんとアテができたから。もうすぐですよ」

カメラとしては価格を抑えた大衆機ではあるが、それでも年間の授業料を凌駕《りょうが》する額だ。入学直後、写真部の先輩から紹介してもらったこの店で、いつかSPを買う約束で古いカメラをタダ同然で譲《ゆず》ってもらった。四年間コツコツ節約してあとほんの少し及ばず、このところはかなり食い詰めていたが、アルバイト代が入れば来月には手に入れられる。

慌てなくても就職したら買えるようになるのかもしれないが、東京にいるうちに、このオヤジさんから買いたかった。

　店を出て引き返すと、今度は秋葉原を通り過ぎ、御徒町《おかちまち》へと歩いた。教授から聞かされたバイト代は破格だった――少しの贅沢《ぜいたく》に、アメ横《よこ》でフィルムと印画紙を買ってから上野《うえの》で地下鉄に乗った。


　街のひと区画を丸ごと囲っているのではないかと思うほど、長い塀が続いていた。威圧的に閉ざされた大きな門の脇には、『長田《おさだ》』の表札が掲げ《かか》られている。ここで間違いない。

インターホンのボタンを押すと、『……はい』と年配らしき女性の声が応えた。

「柳教授の紹介で来ました、家庭教師の伊藤といいます」

『お待ちください』

　しばらくすると、門の脇にあるくぐり戸から人が出てきた。先ほど応えた女性とは別人であろう、二十歳《はたち》になるかどうかくらいの、少女と言っても違和感のない若い娘だ。おさげ髪に、白い前掛けをしている。近頃めっきり数を減らしたというお手伝いさんは、こういうお屋敷に寄り集まって生き延びているようだ。

「ええと……」

　おどおどと自分を見上げてくる娘に、伊藤は「こういう者です」と学生証を差し出した。

「ああ、ぼっちゃんの……」

得心した様子で「どうぞ」と促す娘に従い、伊藤は中に入る。

外の塀は近代的なコンクリート造だが、中の建物は純和風の木造建築であった。高級旅館のような庭園に設《しつら》えられた池では、よく太った錦鯉《にしきごい》が赤や白、金の鱗《うろこ》を光らせている。

「こちらのお部屋です。陽一《よういち》さん、お友達の伊藤さんがいらっしゃいましたよ」

板張りの廊下《ろうか》を進んだ先、襖戸《ふすまど》の向こうに呼び掛けた娘は、戸を引いて伊藤を通すと「では、ごゆっくり」とお辞儀《じぎ》をして去っていった。

部屋の中は妙に薄暗かった。伊藤の下宿の部屋の五倍はあろう広さの和室だが、畳《たたみ》の上に絨毯《じゅうたん》が敷かれ、洋式家具が置かれている。アンティーク調のソファに寝そべっていた人物が、のそりと顔を上げた。

「ぼっちゃん」であり「陽一さん」であろう彼は、立ち上がると対面の一人掛けの椅子に座り直し、伊藤にソファを譲《ゆず》った。伊藤は手に持っていた荷物をソファの脇に置き、腰を下ろす。天鵞絨《ビロード》の座面は、まだあたたかい。

伊藤は向かいに座る彼をまじまじと見つめた。上背《うわぜい》はあるが非常に線が細い。肩につくほどの長い髪で耳はすっかり隠れており、透き通るように白い肌に、紅い唇が浮き立つ。女形の歌舞伎《かぶき》役者のような顔をした、とても美しい少年だ――いや、少年という言葉はしっくりこない。高校二年生にしては、随分《ずいぶん》と大人びて見えた。

「……伊藤君、と言ったかな。ぼくの勘違いなら申し訳ないが、きみとは初めて会うように思うのだけれど」

口の利《き》き方まで大人びている。生意気と言ってもいい。

「勿論《もちろん》だ。きみと僕とは初対面だよ」

彼はフム、と顎《あご》を擦る。

「きみは、ぼくと友達になりたくてここへ来たのかい」

伊藤は返事に窮《きゅう》した。

教え子とは良好な関係を築くのが望ましいが、友達というのは、少々程度が過ぎるのではないだろうか。お手伝いさんは家庭教師を子守りの延長と捉えているのか、ああ言っていたが……やはり今後の学習指導のためにも、立場の違いは明確にしておくべきだろう。

意を決して口を開いた時、廊下をバタバタと走ってくる足音が聞こえた。

「すみません！」声と同時に襖戸が開く。「間違えました！　亮二《りょうじ》さんの、家庭教師の先生ですね……」

飛び込んできた先ほどのお手伝いさんが、室内の二人にしきりと頭を下げた。

「本当《ほんとう》に、すみません……陽一さんとおんなし大学で、年も一緒だったから、てっきり学校のお友達かと思って……」

娘の言葉には、伊藤にとっては懐かしい響きの東北訛《なま》りがあった。東北のどこかまでは見当がつかないが、失態を恥じているのか、丸い頬《ほお》が真っ赤に染まっているのが青森の林《りん》檎《ご》を彷彿《ほうふつ》とさせた。

「こちらが亮二さんのお部屋です。では先生、よろしぐお願いします……」

あらためて案内された部屋に入ると、今度こそ間違いなく高校生であろう少年が机に座っていた。彼は立ち上がると、「長田亮二です。先生、今日からよろしくお願いします」と礼儀《れいぎ》正しく挨拶《あいさつ》をした。

「伊藤です、こちらこそよろしく。……あの、さっき間違えて別の部屋に案内されたんだけど……あの陽一さんというのは、きみのお兄さんだよね？」

先ほどの青年に少し似た、けれどもっと幼く、利発そうな顔つきの少年は無言で頷《うなず》く。

「同じ大学に通っているお兄さんがいるのなら、わざわざうちの学生を家庭教師に雇わなくても、お兄さんに教わればいいんじゃないのかい？」

これでせっかくの職を失っては伊藤も困るのだが、つい疑問が口をついた。亮二は兄よりも太く意志の強そうな眉《まゆ》の間に皺を刻んで、こう答えた。

「ぼくは実力で大学に入りたいんです」

たしかこの少年は、大学の理事の甥御さんという話だった。つまり、その兄も……。

「先生、まずは英語からお願いします」

亮二はもう机に向かっていた。


二時間の指導を終える頃、またあのお手伝いさんが亮二の部屋に迎えに来た。伊藤を送ってくれるらしい。この屋敷はあまりに広く、しかも一度違う部屋に案内されてから移動したので、一人ですんなり玄関まで辿《たど》り着ける自信のなかった伊藤には有り難かった。

有り難いといえば、授業の合間に彼女が運んできてくれた紅茶とケーキも嬉しい誤算だった。それもバターケーキではなく、苺《いちご》がのったショートケーキだ。生まれて初めて生クリームのケーキを食べたので少し胃がびっくりしてしまったが、久しぶりにうどん以外のものを口にして、寿命《じゅみょう》が延びたような気がした。

「すみません、帰る前に、さっきの部屋にもう一度連れていってもらえますか。あの時忘れ物をしてしまって」

鞄《かばん》はずっと肩に掛けていたので忘れなかったが、アメ横で買ってきたフィルムをソファの脇に置いて、そのまま部屋を出てしまった。帰る前に思い出して良かった。

「そうですか、わかりました、陽一さんのお部屋はこちらです。あのぉ、本当に、今日は失礼をして、すみませんでした……」

「ほだに、気にすっこどねぇよ」

お手伝いさんは廊下の途中で足を止め、伊藤を見上げてぱちぱちと目を瞬いた。

「……僕も東北の出なんだ。きみの話し方、懐かしくて」

恐縮しきりだった娘の顔が、途端にほわ、と綻《ほころ》んだ。

「そうだったんですかぁ、全然わかんねかったです、先生はすっかり東京弁話してらっしゃるからぁ……あれぇ？　わたしも東京弁しゃべってるつもりなんですけど」

「上京したての頃は、僕もそうだったよ。自分では訛ってないつもりだった」

ぷっと噴き出したのにつられて、伊藤も笑う。気恥ずかしくて鼻をかいた。

するする、と廊下の先で襖の開く音がして、首を回す。見れば、例の「陽一さん」が部屋から顔を出してこちらを見ていた。

「やっぱりきみか。忘れ物を取りにきたんだろう、待っていたんだよ」

そう言って手招きすると、引っ込んでしまう。伊藤は案内の礼に会釈《えしやく》をして、お手伝いさんと別れ一人で部屋に入った。

日中来た時に薄暗いと感じたのは、障子《しようじ》の内側を新聞紙で目張りしていたからだったようだ。外が暗くなって室内の電灯が点いている今は、亮二の部屋と変わらない明るさだ。

部屋の主は椅子《いす》に座ったまま、片手を伸ばして紙袋を差し出してきた。

「これはきみが置いていった物だろう。自分の部屋にこんな得体の知れない包みを残していかれたら、ぼくもさすがに身の危険を感じてね……悪いが中を検《あらた》めさせてもらったよ」

得体の知れないと言うが、ただの買い物袋である。随分と不安症なのだなと、伊藤は少し気の毒に思った。

「映画のフィルムのようだけど、きみは映画を撮っているのかい。実はぼくもＡＴ《アート・シヤター・》Ｇ《ギルド》映画が好きでね、新宿文化にはよく行くんだ」

「いや、僕が撮るのは写真だよ、それは写真用に買った物だ。印画紙も入ってるだろう」

そう言って受け取ろうとした瞬間、彼は腕を引っ込めて自分の胸元で袋の口を開け、確認するように中を覗《のぞ》いた。

「いや、どう見ても映画のフィルムだ、円盤みたいな缶に入ってる。素人《しろうと》でも間違えないよ。きみは落ち着いているように見えるけど、案外そそっかしいんだね」

「そそっかしいのは否定しないけど、間違えて買ったわけじゃないよ。映画用の35ミリフィルムを短く切って、パトローネに詰め替えて使うんだ。その方が安いからね」

「……？　よくわからないな。ちょっとやって見せてくれないか」

「ここじゃ無理だよ。暗室でやらないと、フィルムが全部パーになる」

フム……と頷く顔はやはりわかっているようには見えなかったが、今度こそ袋を受け取った瞬間、彼はにたりと笑んでいた。

「伊藤君……と言ったね。きみは機械に強そうだね」

「どうだろう。カメラをいじるのは好きだけど」

「……ぼくは、長田というんだ」そうだろうと思っていた。「気が向いたら、またうちに来るといい」

「これから週に三回来るよ。亮二君に勉強を教えるんだ」

待っているよ。と妖《あや》しく微笑《わら》う長田を残して、伊藤は部屋を出た。

廊下を歩いてしばらくしてから、顔を上げて周囲を見回した。玄関はどっちだろう。


翌日の昼、また学食で素うどんを啜《すす》っていると、高橋に背中を叩かれた。

「伊藤！　おまえ昨日、裏口の家に行ったんだって？」

「裏口の家？」

伊藤は座ったまま身体《からだ》を捻《ひね》って振り返り、校舎を透視するようなイメージで裏門の方角を見つめた。家なんてあったっけ。

「裏口だよ裏口、文学部の長田陽一！　柳教授に言われて、あいつの家に行ったんだろ？」

どうやら裏口というのは、長田の渾名《あだな》であるらしい。

「すげぇ大邸宅なんだろ？　元貴族院サマのお屋敷だもんな」

「ああ、とても広かったよ、帰りに家の中で迷子になった。高橋は彼のこと知ってたんだな。友達なのか」

「まさか、友達なんかじゃないさ。むしろおまえが知らなかったらしいってことに驚きだね俺は。有名だからな、あいつは」

高橋はにやにやと含み笑いをしている。

「ま、ナヨナヨしてても顔はいいし、何たって金持ちだから女にはそこそこモテるみたいだけどよ。あんな世間知らずが度を越したおぼっちゃん、男で相手にしている奴なんて誰もいないぜ」

こうして学部を越えて人の口に上っているのだから、充分相手にされているように思ったが……伊藤はひとまず、うどんが伸びないうちに麺を啜った。つゆまで一気に飲み干すと、丼《どんぶり》を脇に置いて、鞄から出したものをテーブルに並べる。

「おっ、これゼミ合宿の時の写真か」

「昨日印画紙を買ったから、午前中に部室で現像してきた。一枚三十円」

「金取るのかよ！　くそー……、これとこれとこれ、もらっとく。お代は今度な」

「絶対に払えよ。忘れないようにメモしておくからな」

伊藤はメモ紙──昨日もらったアジビラを出そうと尻ポケットに手を入れた。伊藤は貧乏学生である。毎日ズボンを穿《は》き替えるようなヤワな男ではない。

しかし、そこには何も入っていなかった。最近痩《や》せてきてズボンも少し緩《ゆる》くなっていたから、ポケットの口にも隙間《すきま》ができて、落としてしまったのかもしれない。

「あら、それって箱根《はこね》の写真？　やっとできたのね」

そう言って覗き込んできたのは、同じ柳ゼミの堀内《ほりうち》寿々子《すずこ》だった。

「堀内さん。こんなところにいるなんて珍しいね」

「そう？　あたしよくここに来ているわよ。ねえ、伊藤君」

確かにここでよく彼女を見かけていた伊藤は頷いたが、高橋がこう言うのもわからないではない。寿々子にはこんな生協の学食よりも、もう少しお洒落《しゃれ》な喫茶室の方が似合う。法学部のマドンナ、堀内寿々子こそ学部を越えて知らぬ者はいない有名人だ。

洗練されたショート・ヘアーに、ミニスカートから伸びるすらりとした脚。小さくてつんと高い鼻の形もすばらしいが、長い睫毛《まつげ》に縁《ふち》どられた猫のような目が印象的で、男も女も見惚《みと》れてしまう。彼女ならたとえ左右で違う靴《くつ》を履《は》いていたとしても、最先端のファッションと持て囃《はや》されるほどの都会的な美女であった。

「写真を撮れるだけじゃなくて、現像まで自分でできるなんてすごいのね」

「うちの部室じゃカラーはできないけどね」

「モノクロができれば充分よ。伊藤君はフォトグラファーになるの?」

「まさか、僕にはそんな才能はないよ」

伊藤には、写真の芸術的視点というものがよくわからない。

この小さな精密機械が見たままの世界を切り取るその事実だけで、伊藤にとってカメラという芸術は完成している。しかし所謂《いわゆる》写真家という人たちは、どんな画を写すかというところに多大な想像力を働かせ、工夫《くふう》し、芸術性を発揮するようだ。ならば自分は写真家には向かないと、伊藤は自覚していた。

伊藤の楽しみ方は、芸術よりもスポーツに近い。射撃に似ているかもしれない。ミスなく正確に的《まと》を撃ち抜ければ満足であって、弾痕が他人を感動させるほど美しかったり、まして斬新《ざんしん》である必要はない。

さる高名な写真家は、まず被写体を愛することが肝要《かんよう》であると述べたという。

伊藤はカメラを愛しているが、的をいちいち愛しはしない。

「そういえばこれ、堀内さんに頼まれた写真。とても綺麗《きれい》に撮れていたよ」

「まあ、それは嬉しいわね」

優婉《ゆうえん》に微笑《ほほえ》んで一枚受け取った寿々子は、その写真を見て笑顔を凍りつかせた。

「何よこれ………あたしが写ってないじゃない」

「え？　だってきみはあの時、富士山《ふじさん》が綺麗だから撮ってちょうだいって」

引き受けてカメラを構えたものの、邪魔な所に立っているなあとは思ったけれど……

「堀内さん、もっと右に」「こうかしら？」「もっとだよ」というやりとりの間、変な移動の仕方をするなとも思ったが、そうか、あれはポーズを取っていたのか。高橋のようにいかにもなポーズをしてくれればわかったのだが、自然な感じで脚を交差させ、斜め下の方を見て立っていたから……。

「……もういいわ！　知らない！」

寿々子は憤然《ふんぜん》と立ち去り、テーブルに美しい富士山の写真がひらりと落ちた。

彼女には失礼なことをしてしまったと、申し訳なく思う。実を言うとこの手の失敗は初めてではない。的にはこだわらない伊藤だが、人を撮るのだけは、どうにも好きでないのだ。当然頼まれれば撮るが、自ら進んで撮りたくはない。

人には声や仕草、立ち居振る舞い等から作られる総合的な印象《イメージ》がある。だから外見だけを正確に切り取った写真を見せても、納得しないということがたまに起こる。風景はどんな風に撮っても、「私はもっと綺麗よ」なんて文句は言わないのに。

心の底に人を撮りたくないという気持ちがあるから、今回のように曖昧《あいまい》な頼まれ方をすると、無意識のうちに人物を排除して撮ってしまうのだ。

「おまえ、馬鹿だなあ」

高橋が言った。

「堀内さんが写っていたら、焼き増しして売れば大儲《おおもう》けだったのに」

伊藤はあんぐりと口を開け、天井を仰《あお》いだ。

いくら謝っても、きっともう撮らせてはくれないだろう。


二度目の長田家訪問では、呼び鈴を押す必要がなかった。先日のお手伝いさんが身を屈めて門の前を掃《は》いていたので、こんにちはと声を掛ける。顔を上げ伊藤を認識した彼女は、まるで同郷の友にするように、親しみと安らぎのこもった笑みで迎えてくれた。

また亮二の部屋まで案内してくれた後、彼女は合間にお茶とピラミッドケーキ——近頃ではバウムクーヘンというらしい——を運んできてくれたが、授業が終わった頃に迎えにきたのは、別の女性だった。

「先生、お疲れ様でございました。お帰りの前に陽一さんのお部屋にお立ち寄りくださ
い」

　初めて見る顔だったが、おそらくは初日にインターホンで応対したお手伝いさんだろう。長田兄の部屋に伊藤を通すと、しずしずと去っていった。

「やあ、待っていたよ伊藤君。どうぞ、そこに掛けてくれ」

　促されるままソファに座りながら、何とはなしに尋ねる。

「あの子はどこか出掛けたのかな……このあいだ間違えて僕を案内したお手伝いさん」

「ん……？　ああ、とよ子のことか。さあ知らないな、使いにでも行っているんじゃないか。何だいきみ、あんな田舎娘《いなかむすめ》が好みなのか。たしかきみは法学部だったろう、きみのとこにはずっと綺麗な人がいるじゃないか。堀内さんといったかな、ああいう人の方が、魅力的だとぼくは思うけどね」

「別にそんなんじゃないよ。それで何だい、僕に用があって呼んだんだろう」

「いや、用というほどのことでもないのだけどね……」

　長田は何か含んだように、にやにやと口元を蠢《うごめ》かせた。それから唐突《とうとつ》に質問してくる。

「伊藤君。きみは、卒業した後はどうするんだい」

「田舎に帰って就職するよ。宮城なんだ」

「なるほど……帰郷運動か」

「帰郷運動？　いや、たんに長男だから戻ってくるよう親から言われていただけだよ」

伊藤が訂正《ていせい》しても、長田はまだ訳知り顔で質問を続ける。

「就職先は？　どんな仕事をするんだい」

「新聞社だよ。地方紙だけどね」

長田はようやくニヤケ顔を引っ込めたかと思うと、やがて「なるほど、なるほど……」と先ほどよりもはっきりと破顔《はがん》して頷《うなず》いた。

「ペンは剣よりも強しか……それがきみの闘い方なんだね」

「僕はペンよりカメラを持ちたいし、それで誰かと競うつもりもないよ」

フリーのカメラマンでは両親が納得しない。だが地元の新聞社に入れば安定した勤め人であり、報道写真なら芸術性はなくてもいいはずだ――伊藤にとって、理想的な就職先に思えた。当然人は撮りたくないなどと言っていられないし、写真だけ撮っていればいい訳もなく、苦手な文章も書かなければならない。県内各地に散らばる支社や支局では記者が営業も事務もすべて一人でこなすことになるらしいし、警察署長や広告主の接待をしたりするのは気が重いが……楽しいだけの仕事なんてない。代わりに本格的な暗室を自由に使えると思えば我慢できる。

「長田君は？　きみは卒業したら何をするんだい」

礼儀《れいぎ》として尋ね返すと、長田は待っていたかのように目玉を光らせた。そうしてめいっぱい勿体《もったい》ぶるような沈黙を置いてから、不敵な笑みを浮かべ、こう言ったのだ。

「革命だよ」

伊藤は首を傾《かし》げた。カクメイ。どんな字で書けば今の文脈に嵌《は》まるだろうと頭の中で辞書を捲《めく》っているうちに、長田が続けた。

「そんな顔をしなくてもいい。ぼくは知っているんだよ、伊藤君。きみも同志だろう」

ますますわからなくなった。なので、「何のことだい」と訊き返す。

「大丈夫、ここは安全だ……保証するよ。わからないかい？　ぼくも、きみと同じさ……」

すすす、と潜めた笑いが長田の口の端から洩《も》れる。伊藤は居心地の悪さを覚えた。

「きみがぼくの部屋に忘れていったのは、フィルムだけじゃなかったんだよ」

長田はそう言って、共犯者のような態度で一枚の紙を差し出した。四つ折りのその紙を受け取って開く――それは確かにあの日伊藤が持っていた、アジビラであった。

ようやく話が見えた。察するに、長田は学生運動に傾倒しているのだろう。そしてアジビラを持っていた自分も仲間だと思われてしまった。

「長田君、勘違いをさせたなら悪かったけど、僕は全共闘《ぜんきょうとう》のメンバーでもないし、アジビラを持っていたのはメモ紙にでも使おうと思っただけだよ」

「きみもぼくがブルジョワだからといって、権力の手先と疑っているのかい？　心外だな……毛沢東《もうたくとう》だって元は裕福な地主の子なんだよ。そうだ、きみにいいものを見せてあげよう」

立ち上がった長田は、スポーツバッグを持って伊藤の座るソファの前にしゃがみ込んだ。スポーツバッグは、話の流れで見せることになったというより、見せるために用意していたかのように椅子《いす》の後ろに隠してあった。

「特別に、きみにだけ見せてあげるよ……いいかい、誰にも言ってはいけないよ。きみの身にまで危険が及ぶかもしれないからね」

神妙に言って、伊藤の目の前でじりじりとバッグのファスナーを開ける。

「これは……」

伊藤は動揺《どうよう》を隠せなかった。

「……驚いたかい？」

伊藤は頷く。どうして彼がこんなものを持っているんだ。

バッグの口から長田が見せたのは、ちょうど手で握りやすい太さ、長さは二十センチ強ほどの、木製の棒だった。

「携帯用小型ゲバ棒だ」

すりこぎ棒だった。

すり鉢《ばち》でゴマを擦ったり、枝豆を潰してずんだにしたりするあの棒であった。片側のやや細い方に穴が開いていて、台所に吊るしておくための紐まで通してある。

「ぼくの思想に共感したある組織の指導部から贈られたものだ……ここだけの話、ぼくは公安にマークされている。それに敵対セクトともいつ衝突するかわからないからね。常に前線にいる自覚を持って、密かに武装しているのさ」

「きみは、ずんだ餅《もち》なんて食べたことがないだろうね」

「ずんだ餅？　それはどこで買えるんだい、銀座《ぎんざ》の店かい」

長田はバッグのファスナーを閉めると、部屋の中で何度も振り返り背後の安全を確かめてから、あらためて伊藤と向き合った。

「これでわかったろう、ぼくは革命にこの命を捧げる覚悟だ。伊藤君、一緒にやろう」

……なるほど、彼は幸せなのだと伊藤は思った。

高橋のように、長田を馬鹿にする人間は多いだろう。けれどこの情熱、目の前で燃え滾《たぎ》る瞳の輝きといったらどうだ。

伊藤は長田が羨《うらや》ましいとさえ思えた。伊藤には、こんな風に熱く他人に語れる夢はない。ましてや人生を懸《か》けようなどと思える夢は。

「きみには、立派な夢があっていいね」

とても穏やかな声の調子で、伊藤は言った。

「だけど本当に、僕は違うんだ。力にはなれないけど、きみのことは応援しているよ」

長田の制止を振り切って、伊藤は部屋を後にした。彼の情熱は眩《まぶ》しすぎた。

胸の奥がちりちりしていた。自分はああはなれない。だけど、自分にも趣味はある。命を捧げるまではしないけれど、カメラのためなら空腹に耐えられる。

アサヒペンタックスSPを手に入れたいという、自分の中にもある熱気を帯びた欲望を、その温度に直接触れて確かめたい気持ちに駆られた。衝動のまま秋葉原と神田の間まで来てみたが、あの店はもうシャッターが下りていた。持て余したものを歩くことで解消するかのように、伊藤は御徒町に向かう。またフィルムか、印画紙でも買おう。

通りに雑然と積み上げられた木箱やダンボール。アメ横も今では近代的なビルが建ち、物が溢《あふ》れ、呼び込みの声が飛び交い活気に満ちているが、細い路地の入口や店と店の間の小さな隙間《すきま》、地面の片隅――そこここにいまだ戦後闇市のセピア色の気配が、燻煙《くんえん》のように漂っている。

歩く伊藤の後方で人がぶつかりでもしたのか、口汚く絡む男の声と、おどおどと謝る東北弁が聞こえた。上野の周りには東北の人間が多い。珍しいことではなかったが、その声ばかりはなぜか耳に引っ掛かり、伊藤は振り返った。

「あ」

雑踏の中、怯《おび》えたように首を竦《すく》めた少女の、不安気な瞳と目が合った。

「と……とよ子ちゃん！」

咄嗟《とっさ》に名前を呼ぶ。伊藤が人混みをかき分けてくるのに気付くと、男は舌打ちして離れていった。

「とよ子ちゃん……だよね？　大丈夫？」

少女は涙目のまま、こくこくと頷く。

「先生……ありがとうございます。初めて来たから、キョロキョロしてしまって……」

「買い物に来たの？　こんな時間に、女の子が一人じゃ危ないよ」

「すみません……毛糸が買いたぐって。ここなら何でもうんと安いんだって聞いたからぁ。昼間は忙しくって、出掛けられないし……今度、休みの日にまた来ます」

そう言ってお辞儀《じぎ》をしながら引き返そうとするとよ子を、伊藤は引き止めていた。

「毛糸なら、売ってる店を知ってるよ。昼間また一人で来るより、今僕と一緒に行ってしまった方がいい」

伊藤の申し出に一瞬ぽかんとして、それからほっとしたように表情を緩《ゆる》めて、けれど遠《えん》慮《りょ》するべきではないかと迷っているのか、また困った顔をする。とよ子の表情はころころと変わって、見ていると面白い。

「こっちだよ」

有無を言わせず伊藤が歩きだすと、とよ子もついてきた。ちょこちょこと小さな歩幅で、時折左右の店に視線を奪われ、おさげを揺らしながら伊藤の後ろを歩いている。

道すがらとよ子に郷里を尋ねると、青森ではなく山形だった。今年高校を卒業して家の農業を手伝っていたが、兄が嫁を取って家が手狭になったので、住み込みの仕事を探して上京したそうだ。まだ東京に来て二ヶ月だという。

「先生は宮城ですか。お隣ですねえ」

「うん。……そういえば、とよ子ちゃんはずんだ餅って知っているかい」

「はい。いつもお彼岸《ひがん》に、ばあちゃんと一緒にずんだのおはぎこさえてましたぁ。先生、お好きなんですか？」

特別好きというわけでもないが、伊藤は頷いた。とよ子は嬉しそうな顔をする。

「わたしもです。東京には見たこともないような食べ物がいーっぱいあっけど、わたしはばあちゃんのずんだが一番なんです」

伊藤も実家のずんだ餅の味を思い起こした。ねっとりとつぶつぶがごちゃ混ぜの食感と、枝豆の風味が口の中をいっぱいにする。母の作るずんだは甘さが控えめで、塩が効いていて食べやすかった。とよ子の家のはどうだろう。甘いだろうか。

手芸店に着いたとよ子は、「本当に安い」と興奮して赤い毛糸玉をいくつも手に取った。すぐに持ちきれなくなってしまい、棚《たな》に未練がましい視線を残すとよ子に代わって、伊藤がもう一つ取ってやる。晩秋の夜だというのに、朝顔のような笑顔がぱっと咲いた。

「先生は、何色がお好きですか?」

伊藤はすぐに答えられない。自分の好きな色なんて、考えたこともなかった。

「白……かな」

これからどんな像でも焼き付けることのできる、印画紙の色だ。人の意向に沿ってばかりの自分にそっくりだと気付いて、内心苦笑する。

とよ子はにっこりと頷いて両手の毛糸玉を左腕で胸に抱え込み、右手を伸ばして白の毛糸玉を何個か取ると、両手と顎《あご》で押さえた。

店を出ると、二人は上野に向かった。人混みを避けて、アメ横から外れた細い通りを並んで歩く。フィルムを買い忘れたと気付いたが、もういいかと思った。

「東京の空は、夜でも黒くないんですねぇ。地面の近くはちゃあんと暗いのに、空だけは薄曇りみたいにどんより明るくって、ヘンテコですねえ」

大きな紙袋を大事そうに抱えて、とよ子は真上を仰《あお》ぐ。丸い頬《ほお》が水銀灯に照らされ、黒い瞳に光が灯った。

「……先生は、田舎《いなか》に帰りたいって思ったことありますか？」

アメ横の喧騒《けんそう》はすぐそばだというのに、路地裏はとても静かだった。黙っていると、沈黙が重くのしかかってくる。

「春には、帰るんだ。もう卒業だから……向こうで就職する」

そうですかぁ、と呟《つぶや》くとよ子の顔は、もう下を向いていた。

「寂しくなりますね……」

「もともと僕は代理で、前の人が休んでいる間だけって話だから」

「ああ、田辺《たなべ》先生……でもあの先生は、もういらっしゃらないとお聞きしましたけど。わたしは、伊藤先生が来てくだすって良かったです。陽一さんもそうおっしゃってましたよ。田辺先生も何度か陽一さんのお部屋に行ってましたけど、あんまり気が合わなかったみたいで……でも、伊藤先生のことはお好きみたいです」

「とよ子ちゃん。僕は亮二君の家庭教師だけど、とよ子ちゃんの先生ではないよ」

「あ……そうですね。すみません」

そんな些末《さまつ》なことを口にする必要がどこにあるのだろう。伊藤は自分に戸惑う。

「僕の名前は、伊藤主馬《かずま》というんだ」

伊藤は自分の歩調がひどく遅くなっていることに気付いた。「はい」と頷くとよ子は、自然と合わせてくれている。駅はもう目の前だった。

伊藤は山手線だが、とよ子が乗る銀座線の乗り場まで付き添った。構内には地下鉄特有のにおいがたち込めている。

「ここで大丈夫です」

切符売り場の前で立ち止まったとよ子が、胸に紙袋を抱いたまま深々とお辞儀をした。

「……主馬さん、今日は本当にありがとうございました」

おまえは無愛想だと、高橋に詰《なじ》られたことがある。そんなんじゃモテないぞ、ちょっと笑ってみろと言われて、おかしくもないのに笑えるかと返した。

今、おかしくもないのに顔が勝手に笑っていた。

亮二は物覚えが良く、礼儀《れいぎ》正しくて、申し分のない生徒だった。授業の合間に出されるお茶菓子は伊藤の貴重な養分となり、帰る前には兄の部屋に寄るのが日課になった。

長田の話を聞くのは楽しかった。彼の政治思想はよく摑《つか》めない、というより政治思想がまるでない勧善懲悪《かんぜんちょうあく》の物語のような革命論を繰り返していたが、生き生きと夢を語るその顔を見ていると、決して退屈とは思えなかった。相変わらず長田家の門の前に立つと胸の奥が疼《うず》いたが、長田の情熱にあてられ自分をみじめに思ったあの時とは違う、ほろ甘いような疼痛《とうつう》に日に日に変わっていった。

「今日もよく来てくれたね。きみに見せたいものがあるんだ」

師走《しわす》に入り、寒さもいよいよ厳しくなっていた。暖房の効いた部屋に伊藤を迎え入れた長田は、紙袋から仰々《ぎょうぎょう》しく中身を取り出した。

「ゲバヘルだね」

工事現場用のヘルメットに、角ばった太文字で安保《あんぽ》がどうのと書いてある。

「なかなかよく出来ているだろう、自信作なんだ」

「ああ、とても似合っているよ」

長田の目はきらきらと輝いている。造作の整った顔で無邪気にゲバヘルを被《かぶ》っているその様が微笑《ほほえ》ましくて、伊藤の頰も緩んだ。長田家に通いはじめてから、表情筋が柔らかくなった気がする。

「伊藤君……実は、きみの分もあるんだよ」

長田はもう一つ、同じ紙袋を差し出してきた。

伊藤は目を細め、たっぷりと親しみを込めて言う。

「ありがとう。でも僕には必要ないよ」

「いいや。一緒にこれを被って、人民葬に行こう。きみも知ってるだろう、先月の佐藤《さとう》訪米阻止闘争で大学生が命を落とした事件を。彼の追悼《ついとう》集会があるんだ」

「僕はよく知らない人の葬儀には行かないよ。きみが僕の分までご冥福《めいふく》を祈ってきてくれ」

不服そうな顔をする長田に、伊藤はいつもと同じ言葉を投げかける。

「長田君のことは応援しているよ。一緒にはやれないけど」

たまには少しくらい付き合ってみてもいいかなと、思わないこともない。けれど何の動機もない自分が表面だけ同じことをしても、空虚なだけに違いない。長田がやっていることも表面だけだとしても、彼には思想はなくとも情熱がある。それだけで充分な動機だ。

「じゃあ、今日はこれで」

長田邸を出た伊藤は、敷地を囲む塀《へい》に沿って歩いていた。角を曲がってしばらく進んだあたりで、後ろから名前を呼ばれて振り返る。

「とよ子ちゃん。どうしたの」

必死で走ってきたのか、ぜいぜいと息を切らしている。手には茶封筒を握っていた。

「今週分の、お給金……お持ちにならなかったでしょう」

「ああ、ごめん。それでわざわざ追いかけてきてくれたのかい？　そんな薄着で……」

とよ子はまだ苦しそうに肩を上下させながら、笑顔を作る。封筒を受け取る伊藤は、申し訳ないという気持ちとは真逆の感情が胸に湧いていることに戸惑った。

「……早く、屋敷に戻らないと。風邪《かぜ》をひいてしまうよ」

ふるふると首が横に振られ、おさげが揺れる。寒空の下走ったせいか、丸い頬がまた林《りん》檎《ご》のように染まっていた。

「実は……厚かましいかもしれないですけど、主馬さんに、お願いしたいことがあるんです」

「お願い？」

開きかけた唇が、躊躇《ためら》いに閉じてはまた開くのを何度か繰り返した。ようやく覚悟を決めたのか、とよ子は白い前掛けをぎゅっと握って言う。

「今度の日曜日、お休みいただいてるんです。東京の有名な場所とか行ってみたいんですけど、一人じゃ怖ぐって……また、付き合ってもらえませんか？」

「いいよ」

まん丸の目が、伊藤を見上げていた。

「本当ですか？　じゃ、じゃあっ、ええとぉ……新橋駅《しんばし》にっ、三時に、来てくれますか？」

うん。と頷《うなず》くと、とよ子はがばりと頭を下げた。

「……ありがとうございますっ！　じゃあ……日曜日、よろしくお願いします！」

来た時と同じように、とよ子は走って戻っていった。


それから数日の間は妙に長く感じられた。手持ち無沙汰《ぶさた》に大学の外に出掛けて、フィルム三本分も写真を撮ってしまった。現像したものはブレてもいないし露出も適正で、特急列車の流し撮りも成功していたのに、なぜかどれもイマイチに思えた。

「主馬さん」

まん丸の鼻の新幹線が頭上を通過している最中でも、その声ははっきり聞き取れた。日曜の午後三時。丸襟《まるえり》の赤いコートにポシェットを斜め掛けして、手提げの紙袋を持った女の子が笑顔で駆け寄ってくる。

「お待たせしました……あの、今日は、ありがとうございます」

「うん……じゃあ、行こうか」

「あっ、ちょっと待ってください」

ここで待ち合わせならば銀座だろうと東側に歩きだそうとすると、とよ子は伊藤を引き止め、コートのポケットから手描きの地図のようなものを取り出した。

「えっと……そっちじゃなくて、こっち側ですね。おっきな公園があるんだって聞いたんです。一〇円コンサートっていうのをやった音楽堂があるところらしいんですけど」

「ああ、日比谷《ひびや》公園か。行ってみたいの？」

こくりと頷いたとよ子に伊藤も顎《あご》を引き、ガード下から反対側に出た。東京のくすんだ空をちらと見上げる。田舎から出てきて、緑が恋しくなる気持ちはよくわかる。

公園の手前に差し掛かった時、伊藤が二度続けてくしゃみをすると、とよ子は「あの」と足を止めた。伊藤も立ち止まって振り向く。

「ほんとは、帰りに渡そうと思ってたんですけど……主馬さん寒そうだから」

そう言って、持っていた手提げを伊藤の胸元に差し出してくる。

「アメ横の時と、今日の、お礼です。こんなのしかあげられないですけど……」

手提げの中には、手編みらしき真っ白な毛糸のマフラーが入っていた。

「……ありがとう」

ぎこちない手つきで、自分の首に巻きつける。たまらなくあたたかかった。

「とよ子ちゃん」

はい？　と見上げるその顔に、どうしようもなく突き上げてくる思いがあった。

「もうすぐ、欲しいカメラが手に入るんだ」

はい。と相槌《あいづち》をうつこの瞬間も。

「……そのカメラで、きみを撮ってもいいかい」

撮りたい。憧れのあのカメラで、一番にこの子を撮りたい。最初の一枚だけじゃない、二枚目も、三枚目も、フィルム百本分だって、とよ子を撮りたい。とよ子という光を、35ミリフィルムに焼き付けたい。

とよ子は赤い林檎の頬を白い指先で隠して、睫毛《まつげ》を伏せている。

「何だか、恥ずかしい…………けど、いいですよ」

はにかむその一瞬も、写真に残せなかったことを心底悔《く》やんだ。

照れ隠しのように、とよ子は伊藤から顔を逸《そ》らして、日比谷公園へと駆けだした。追いかける伊藤の足も軽く、二人小走りで公園の敷地に入る。

「それにしても、すごい人ですねぇ。今日は祭りですか？」

幸門《さいわいもん》から入った二人は人混みに足止めされ、そのまま流されるように野外音楽堂の方へと進んでいた。伊藤ははっと周りを見回す。確かにここまで混雑しているのは珍しい。それも同じくらいの年代の若者たちばかりで、男も女も、妙な熱気を帯びている。

「様子がおかしい……とよ子ちゃん、引き返そう」

「けどさっき、何か面白いことがあるから見に行こうって言ってる人たちがいましたよ。何があるのか気になりませんか？」

何があるのか、伊藤は気付いてしまった。視線の先で蠢《うごめ》く人の群れ——彼らの頭を覆《おお》うヘルメットは、色も文字も様々に装飾されている——ゲバヘルだった。ヘルメットの顎紐にタオルを咬《か》ませてマスクのように顔を覆い、ゲバ棒を構えた集団が一触即発《いっしょくそくはつ》の空気で睨《にら》み合っている。

「集会だ。色んな党派が集まってる……内ゲバになるかもしれない」

巻き込まれないうちに戻ろうとしたが、加わる者や野次馬がどんどん集まってきて、その勢いに押し流されてしまう。気が付いた時にはもう身動きがとれなくなっていた。

「とよ子ちゃん、僕から離れないで」

そう言って手を取ろうとした瞬間、近くでどよめきが起こった。見ればゲバヘルの集団が石を投げ合い、怒号を上げてゲバ棒を打ち合っている——始まった。あっという間に陣形は崩れ、各派入り乱れての混戦となった。熱気に浮かされたのか、非武装の野次馬の一部も投石を始めたり、乱闘に加わって一帯は混沌《こんとん》と化してゆく。制止する拡声器の声に振り返ると、いつの間にか機動隊に包囲されていた。

ジュラルミンの盾を構え壁のように連なる機動隊員たちが、紺《こん》のヘルメットの防石面を跳ね上げ、じりじりとこちらを、僕を、睨みつけている。まるでシネラマの映画を観ているようだった。臨場感がありすぎる。僕は当事者ではない、自分たちは無関係の一般市民なのに――いや。気付いて伊藤はゾッとする。

関係ないなんて、どうしてわかるだろう――こんな風にもみくちゃにされてしまっては、野次馬も暴徒も区別がつかないではないか。

すぐそばで、ワッと声が上がった。同時に一切の自由が奪われ、ブルドーザーで押し出される砂の一粒のように無力に流される。肋骨《ろっこつ》が圧され、肺が潰れて息ができない。人間の身体《からだ》が塊《かたまり》になって隙間《すきま》なく肌に密着し、前へ後ろへ押し寄せる。抗《あらが》えない肉と骨の波に打ち上げられ、まともに足も着けないかと思えば、次の瞬間には膝まで地面を引き摺《ず》られる。頭上を飛び交う投石、そこここで上がる殴打《おうだ》の音、悲鳴、罵声《ばせい》。土埃《つちぼこり》の中に血の匂《にお》いが混じる。混乱の渦《うず》の中で、もがくことすらできない。

「……主馬さん！」

溺《おぼ》れるような声が耳に届いた。考える余裕などない。なりふり構わず他人の背中をよじ登り、頭を押さえつけて人の波に乗り上げ、必死で腕を伸ばす。瞬間、彼女の真上に何かが見えた。一瞬逆光で黒く染まったそれは、振り上げられた警棒だった。

「……──とよ子ちゃん！」

蠢く人の肉を蹴《け》り、飛びつくように上から覆い被《かぶ》さる。頭の中で大きな音が響いた。後頭部に打撃を食らったのだと、理解する前に意識が途切れた。


目を覚ました伊藤は、ふかふかのベッドの上にいた。横たわる胸元に、とよ子が泣きながら縋《すが》りついている。

「主馬さん……良《い》がった、目ぇ覚ましちくっち……良がったぁ……」

ぼうっと視線を彷徨《さまよ》わせると、そばに立っていた長田と目が合った。

「ここは、きみの部屋か……どうして……」

「伊藤君こそ、人民葬には行かないと言っていたのにどうしてあんな所にいたんだい。ぼくが見つけて、気を失ったきみを救出したんだ。とよ子と二人でここまで運んだんだよ」

「そうか……きみが参加すると言ってた、追悼集会……ありがとう、世話をかけたね」

「きみは闘争で名誉の傷を負ったんだ。助けるのは当然だし、きみは誇っていい」

讃《たた》えるような笑みで見下ろす長田から、とよ子に視線を戻す。シーツを握り締め、ベッドに顔を押しつけて泣き続けていた。

「ごめんなさい、ごめんなさい主馬さん、わたしのせいで……」

「とよ子ちゃんのせいじゃない。僕は大丈夫だから、もう気にしないで」

安心させようと身体を起こす。頭に鈍痛があったが、大したことはなかった。

「あ」

しかし自分の首から下を見て、あることに気が付く。土や誰かの血で汚れたジャンパー、擦り切れたズボン。ベッドの傍《かたわ》らには肩掛け鞄《かばん》が置いてあるが、一つだけ足りない。

「ごめん……せっかく編んでくれたマフラー……」

あの混乱の中でどこかにいってしまったのだろう。地面に落ちて、ずたずたに踏みつけられたかもしれない。

とよ子はぶんぶんとおさげを振り乱した。

「いいんです、どうだっていいんですあんなもの……主馬さんが無事でいてくれただけで、もう……」

とよ子は声を詰まらせて、代わりに目からぼろぼろと涙をこぼす。またベッドに突っ伏してしまった、その頭の上に、伊藤はそっと手のひらをのせた。


数日後、学食にいるとまた高橋がやってきた。

「おい！　おまえ日比谷野音の人民葬に参加したんだって？　機動隊とやり合って殴《なぐ》られたって本当か？」

伊藤は啜《すす》っていたうどんを一気に口の中に入れると、咀嚼《そしやく》しながら曖昧《あいまい》に首を傾けた。

「機動隊員に殴られたのは本当だけど、別にあの集会に参加していたわけじゃない。知らずに公園に行って巻き込まれただけだ」

「やっぱりナァ、おまえに限って、ゲバルトなんてやるわけないと思ったんだよ。見たところ怪我《けが》はなさそうだな。どこやられたんだ」

「頭。少しコブになってる」

後頭部を擦ってみせると、高橋もどれどれと撫《な》でてきた。

「本当だ、こりゃ災難だったな。けどまぁこんなもんで安心したよ、裏口の話じゃ生死の境を彷徨ったみたいになってたらしいから。ま、誰も本気にしちゃいないけどな」

「長田君が？　彼から聞いたのか」

「俺が直接聞いたわけじゃないけどな。あいつ、おまえと一緒に集会に出て機動隊と闘ったって喧伝《けんでん》してるってよ。けどな、他にも行ってた奴がいて、裏口のことを見かけたらしいんだよ。そいつの話じゃ、裏口は遠くから双眼鏡で眺めてただけだって！」

ハハハ、と高橋が笑う。物陰で肩を竦《すく》め、構えた双眼鏡を覗《のぞ》く長田の姿が想像できた。

あの日、あの場所にいたから「参加した」。たまたま居合わせた友人は「仲間」に置き換えられ、伊藤の負傷は「闘争で仲間が権力に暴行を受けた」という極上《ごくじょう》の武勇伝を彼にもたらしたのだろう。

「そういやさ、田辺の話は聞いたことあるか」

「田辺？」

「二年生の田辺。おまえの前に裏口んちの家庭教師をやってた奴だよ」

「ああ、怪我をして休んでるっていう」

「違う違う。まァ怪我もしたかもしれんけどな、捕まったんだよ。田辺の兄貴が全学連《ぜんがくれん》だかブントだかで、あいつも一緒に一〇・二一の国際反戦デーに新宿行って、火炎瓶《かえんびん》投げてたとこを取り押さえられて逮捕。だから今度は間違いなくノンポリで血の気の少なそうなおまえが家庭教師に選ばれたんだよ」

伊藤はなるほど、そうだったのかと腑《ふ》に落ちた。

「でな？　その田辺がさ、裏口の奴に冗談で『指導部だけが持てる特別なゲバ棒だ』って椅子《いす》の脚を見せたら、あいつ信じてそれを千円で買ったらしいぜ！　椅子の脚……！　乳母日傘《おんばひがさ》で育ったおぼっちゃんが、ゲバ棒振り回してみたいっていうんだから笑っちまうよナァ……あー腹が痛ぇ」

椅子の脚ではない、すりこぎ棒だ。

だがそう訂正《ていせい》することは長田の名誉を更に傷つけることになると、わからぬ伊藤ではなかった。

「あいつはな、レーニンとスターリンの区別もついてない。大学自治も安保もベトナムもどうだっていい、闘争ごっこがしてみたいだけの中学生みたいな奴なんだよ。だってそうだろう？　本気で何か変えようと思っているなら、まずうちの学費問題を親だか親戚《しんせき》だかに掛け合うはずだ。ママに叱《しか》られるのが怖くて、なァにが革命だってんだよ」

高橋の言うことは、至極《しごく》もっともだった。

伊藤は丼《どんぶり》に沈んだうどんを箸《はし》でつまみ上げる。伸びた麺がぶつりと切れた。


亮二に勉強を教える最後の日がやってきた。来週から一年生の女子学生が新しい家庭教師として来ることに決まったのだ。亮二は高校二年生、あと数か月で大学を卒業し田舎《いなか》に帰る伊藤が採用されたのはあくまで臨時のこと、柳教授からも代理だと聞かされていたので納得している。

今日最後の謝礼を受け取れば、ついにあのカメラが――アサヒペンタックスSPが買える。カメラを手に入れたら、その足でとよ子に会いに来よう……いや、勤め先を訪ねるのは迷惑かもしれない。そんな風に悩んだ末、伊藤は下宿の電話番号と住所を紙にしたため、屋敷で出迎えてくれたとよ子に渡した。

とよ子はいつまで自分に写真を撮らせてくれるだろう。

もし叶うならば、春、東北の桜の下に立つとよ子を撮りたいと思うが、彼女は了承してくれるだろうか。

「今日で亮二のところに来るのは最後なんだって？　弟が世話になったね」

「僕の方こそ、おかげでずっと欲しかったものが買えるから有り難かったよ」

最後の授業を終えた伊藤は、いつものように兄の部屋に立ち寄っていた。伊藤と亮二の関係が終わっても自分との友情に変化はないと信じているのか、長田は特に感慨《かんがい》もなさそうに、普段通り話しはじめた。

「ちょうど今、先日の人民葬について総括《そうかつ》していたんだ。やはりこれからは、より尖鋭《せんえい》化した武装闘争をすべきという結論に達したよ」

長田の目はらんらんと輝いている。ゲバルトに参加し仲間が負傷したという、おそらくは初めての実績のようなものを得て、彼の熱量は急激に膨《ふく》れ上がっていた。

「伊藤君。ぼくたちはもう、次の段階に進む時だ」

興奮を鎮《しず》めぬまま両手で伊藤の肩を摑《つか》んだ長田は、そっと耳元に口を寄せる。

伊藤は眉《まゆ》を顰《ひそ》め、長田の顔を見た。真っ赤なセーターを着た彼は偽悪的で、夢見がちな笑みを浮かべていた。

「……爆弾を作ろう」

「そんなもの作れないよ」

「きみは機械に強いだろう。カメラをいじるのが好きだと言っていたじゃないか」

「カメラと爆弾は全然違うよ。僕にはそんなもの作れないし、作りたいとも思わない」

「ナンセンス！　やってみようともせずに諦めるなんて……そんな日和見《ひよりみ》主義では、革命戦士とはいえないよ。弱気な発言を自己批判したまえ」

「僕は革命戦士じゃないよ」

今までのようににこにこと話を聞いて、そうだね、頑張ってくれと相槌《あいづち》をうっておいたとしても、長田が本当に爆弾を作るなんてことは、きっと現実にはならないだろう。

だが彼のこの気持ちの暴走には、自分にも責任の一端があると伊藤は感じていた。

「長田君。僕は今までずっと、きみに『一緒にはやれないけど応援している』と言ってきた。だけどあれは間違いだったよ」

「伊藤君、ついにやる気になってくれたのかい、嬉しいよ。さあ、腕を組もう。一緒に革命歌を歌うんだ」

伊藤は長田の腕を拒絶し、首を横に振った。

「きみには夢があっていいなと思うけれど、それは僕の夢じゃない。僕は革命には興味がないんだ。そんなことより、僕は……写真が撮りたい」

長田の顔から、表情が抜け落ちてゆく。

「だから僕は、もう応援もしない。僕は――きみの革命を、支持しない」

きっぱりと、言いきった。

こうすることで、あらためて本当の友情を結ぶことができるような気がしていた。本物の友人になりたいと、思っていた。

長田は俯《うつむ》いていた。

俯いたまま、ぼそりと呟《つぶや》く。

「……とよ子と、会えなくなってもいいのか」

肩までつきそうな長い髪が垂れ、その表情は見えない。

「……雇い主だからといって、そこまで口出しする権利はないだろう」

長田はハッと笑って顔を上げた。乱れた髪が顔中に散らばったまま、口を動かす。

「あいつは、ぼくに惚《ほ》れてるんだ。とよ子はきみを好きで誘っていたんじゃない、きみと会っていたのは、ぼくに言われたからさ。あの日、日比谷公園に来たのも偶然じゃない。

ぼくがとよ子に、きみを連れてこいと命令したんだ」

唾液《だえき》で口元に張りついた髪の毛先が、引き攣《つ》った声に合わせて揺れる。滑稽《こっけい》だった。

「彼女を侮辱《ぶじょく》するな。そんな話――」

けれど伊藤は気付いてしまった。長田の着ている真っ赤な手編みのセーターに。いつか見た、あの、細い二本の腕が大事そうに抱えていた毛糸玉の赤だった。

「……本当、なのか」

本当に、きみは、僕を――最も卑劣《ひれつ》なやり方で、オルグ《仲間に引き入れ》しようとしていたのか。

「きみがはっきりしないから、きっかけを作ってやったんだ。闘争も、とよ子にも、自分からは何もできないだろう。本当は手を出したいくせに」

頭に血が上るというのは、こういうことかと初めて知った。血が沸騰《ふっとう》した勢いで首から上が飛んでいきそうな、そんな怒りに任せて拳《こぶし》を振るっていた。ろくに栄養を摂《と》っていない身では拍子抜けするほど力が入らなかったが、それでも拳の骨は相手の頬《ほお》にめり込み、長田は細長い身体《からだ》をしならせて吹っ飛んだ。背後にあった椅子と一緒に倒れ、悔《くや》しそうに呻《うめ》くと、口元の血を手で拭《ぬぐ》いながら立ち上がる。

長田はふらつく足で、か細い雄叫《おたけ》びを上げながら握った右手を突き出してきた。伊藤は動かずそれを受け止める。

顎《あご》の先を掠《かす》めるように捉えた、震えた拳の、まるで幼子のような弱々しさに、伊藤は無性に悲しくなった。

悲しくて仕方がなくて、無言でその場を立ち去った。


屋敷のくぐり戸を出てすぐ、とよ子が追いかけてきた。

「主馬さん、またお給金お忘れになったでしょう。今日が最後なのに……」

差し出された茶封筒を、表情もなく受け取る。手の中で紙幣《しへい》が潰れた。

「……どうか、したんですか？」

心配するような瞳で見上げるとよ子に、伊藤は祈りにも似た気持ちで尋ねていた。

「一つだけ教えてほしい。きみが長田の言いなりになっていたのは、雇い主のぼっちゃんだから逆らえなかったのかい？　それとも……」

息を呑《の》んだ、その瞬間にわかってしまった。絶望的な気持ちになる。

「…………わたしを、雇ってくだすってるのは、奥様です。……けんど、わたしは陽一さんのためなら、奥様のことも裏切ります。わたしは、陽一さんのためなら何だって……」

そのままとよ子は、両手に顔を埋めた。丸めた背中が震えている。指の間から、何度も小さく「ごめんなさい」という言葉がこぼれ落ちた。

さよなら。

そのたった四文字さえ、伊藤は声に出せなかった。

鈍色《にびいろ》の塀《へい》づたいに歩きながら、明日はオヤジさんの店でカメラを買おうと決めていた。

また風景でも撮ろう。


その夜遅く、もう二度と聞くこともないだろうと思っていた声を聞くことになった。

下宿の部屋で無気力に横たわっていると、リリリリ、と電話の音が響いた。誰かが出るだろう。と、誰もが思っているのだろう。一向に鳴り止まないので、仕方なく腰を上げ、廊下《ろうか》に出る。受話器を耳にあてた瞬間、心臓を衝《つ》かれた。

『主馬さん……すみません……他にっ、頼れる人がいねぐて……もぉ、どぉしたらいいが、わがんねぐって……』

動揺《どうよう》はあったが、それ以上にとよ子の方が取り乱していた。

「落ち着いて。どうしたの、何があった？　今どこにいるんだい」

『い、今……主馬さん家の近ぐの、丹頂《たんちょう》ボックスから掛けでて……』

「わかった。そこにいて」

泣いているのは明らかだった。伊藤は綿入れ袢纏《はんてん》を羽織《はお》ったまま外へ飛び出し、冬の夜道を走った。暗い道端に立つ、クリーム色の軀体《くたい》に赤い帽子のような屋根の電話ボックス。その角丸の窓からこぼれる光の中に、おさげ頭が見えた。

荒い息で入口をノックすると、窓越しに振り返ったとよ子が出てくる。慌てた様子で、しどろもどろになりながら話しはじめた。

「き、今日、主馬さんが帰った後……少しして、陽一さんも外に出られたんです。それで、駅の周りをうろうろしてたら、お巡りさんに声を掛けられたそうで」

殴《なぐ》った時に口が切れていたようだし、顔が腫《は》れたかもしれない。不審に思われ、職務質問をされたのだろう。

長田にとって夢物語のようだった権力との衝突。だが突然現実に食い込んできた危機に、彼が泡《あわ》を食う様がありありと想像できた。血の気が引き、頭が真っ白になったことだろう。

「ほんで、鞄《かばん》さ開げろ言われで……咄嗟《とっさ》に、中に入ってた棒っきれで、お巡りさんの頭殴って逃げできたんだって……！」

伊藤は絶句した。

――長田が警察官を、携帯用小型ゲバ棒（すりこぎ棒）で殴り、逃走したというのか。

彼はあの棒が、反権力を示威する凶器だと信じていた。所持しているのを警察に見つかれば夕ダでは済まない。パニックになって、その凶器を振り上げた――。

愕然《がくぜん》とする伊藤に、とよ子は続ける。

「それで、旦那様《だんなさま》がお怒りになって……今まで甘やかしたのが悪かった、もういっそどこかで野垂《のた》れ死んでくれとおっしゃって、陽一さんを追い出してしまったんです。わたしも着の身着のまま、一緒にお屋敷から出てきました。行く所も、お金もなくて、ひとまず陽一さんの大学に忍び込んだんですけど……陽一さんは怯《おび》えてます。夢中で逃げてきたけど、あの警官はどうなったんだろう、死んだかもしれない、ぼくは捕まると言って……どうしましょう、そんなことになったら、わたし……」

「とよ子ちゃん、まずはきみが落ち着いて」

伊藤はとよ子の目を見つめた。溜まった涙の中で、電話ボックスの光が揺らめく。

「大丈夫、彼は非力だ」

慢性的な栄養不足の伊藤ですら、長田のパンチを受けてびくともしなかったのだ。鍛えているはずの警察官なら、棒一本のハンデでやっと釣り合うくらいだろう。長田の父親が彼を放逐《ほうちく》できたのも、きっと大した事件にはなっていないからだ。立場のある人間は、容疑者となった息子を野放しにはできない。ひょっとしたら、既にこの件は金なり、長田の敵であるところの「権力」なりによって片がついているのかもしれない。

「でも……陽一さんは、すっかり気落ちして……もう死ぬしかないって言うんです。それぐらいなら、わたしの田舎で匿《かくま》うからって言ったんですけど、そんな気力もないみたいで……もうダメだ、死ぬしかない、一緒に死んでくれって」

「……それで今、彼は」

「わたしの前掛けのポケットに、大奥様の寝つきのお薬が入ってたので……このお薬を飲んで死にましょうと言って、陽一さんに飲ませました。今は、大学の空いてた教室で眠ってます」

そう語りきると、とよ子は俯いてさめざめ泣いた。

救いようがない。

けれど、とよ子は好きなのだ。こんな男でも、こんな状況に陥《おちい》っても、とよ子は好きなのだ。前掛けをしたまま、勤め先を飛び出して追いかけるくらいに。

「……ここで、ちょっと待ってて」

そう言うと、伊藤は下宿に駆け戻った。自分の部屋の、文机《ふづくえ》の抽斗《ひきだし》から茶封筒を摑《つか》み取り、また電話ボックスのとよ子のもとへ戻る。息が切れていた。

「……長田君の目が覚めたら、きみの実家に連れて行くんだ……知らない土地で、彼はきみに頼りきりだろう。死ぬまで尻に敷いてやるといい……邪魔になったら捨ててもいい」

「でもっ、陽一さんは、もう生きる気力もない、死にたいって……」

「いいかい、僕が今から言うことをよく聞いて。一字一句間違えちゃいけない、ちゃんと覚えるんだよ」

戸惑いながらも覚悟を滲《にじ》ませた、真剣な瞳が伊藤を見つめ返す。

「――シンパのアジトに潜伏しよう、と。長田君に、そう伝えるんだ。そうすればきっと、彼は息を吹き返す」

やったな長田。とうとうきみが主人公だ。危険な逃亡生活の幕開けだ。

伊藤はとよ子の手を取り、茶封筒を握らせる。

「……僕からのカンパだ。これで汽車の切符を買って」

アサヒペンタックスSPのために貯めた金だった。心の中で、カメラ屋の店主に詫《わ》びる。

ごめんオヤジさん。必ず買うから、もうちょっと待っててほしい。

「主馬さん……」

とよ子は泣きながら、何度も、何度も「ありがとうございます」と頭を下げた。

去り際、振り返ったとよ子は何度か躊躇《ためら》うような顔をしてから、こう打ち明けた。

「陽一さんに言われてやったのは、あの、日比谷のことだけです。……あとはただ、陽一さんは、主馬さんが良い人だって教えてくれただけでした。信用できる人だから、好きになっていいって」

「……きみには、酷《こく》だったね」

それには無言で眉《まゆ》を下げ、とよ子は続けた。

「陽一さんが駅に行ったのも、きっと主馬さんに謝りたくて、追いかけたんだと思います」

最後に深く礼をして、とよ子は去ってゆく。

小さくなる後ろ姿に、今度こそ声を出して「さよなら」と告げた。


「ねえ、文学部の長田君、いなくなったんですってね。駆け落ちしたって噂《うわさ》よ」

部室棟に向かってキャンパスを横切っている途中で、堀内寿々子に会った。学部棟の方から来た寿々子は、伊藤を見つけると駆け寄ってきて、隣を歩きながら話す。

「ああ。そうみたいだね」

「もうすぐ卒業だっていうのにね。まぁ、仕事に就《つ》こうともせずに変なことばかりやって親も呆《あき》れていたらしいから、案外勘当《かんどう》でもされたんじゃないかと思ってるんだけど。伊藤君、あの人の家に家庭教師に行っていたんでしょう。何か知らないの？」

伊藤は微笑《ほほえ》みだけを返した。

何もかも、伊藤だけが本当のことを知っている。

「そういえば、伊藤君も卒業したら宮城に帰るのよね」

「僕も？」

横を振り向いて見下ろすと、外国人モデルのようなベージュの口紅を引いた唇が、すっと弧を描いた。

「あたしも仙台《せんだい》の放送局に決まっているの。アナウンサーになるのよ」

「へえ、すごいね。でもどうして。堀内さんは東京の人だろう」

「ずんだ餅《もち》っていうのを、食べてみたいと思っていたのよ。美味《おい》しいんでしょう？　前に伊藤君が話してたじゃない」

そんな話しただろうか。したのかもしれないが、憶えていない。首を捻《ひね》っていると、寿々子は伊藤の首にぶら下がっているものに目をつけた。

「今日はカメラを持ってるのね」

そう言うとさっと伊藤の数メートル先に立ち、振り返って髪を掻《か》き上げるようなポーズを取る。

「撮ってちょうだい。今度は校舎じゃなくて、ちゃんとあたしを撮ってね」

伊藤は両手でカメラを構えた。逆光だったので、回り込んで方向を変える。寿々子も伊藤の動きに合わせ、片足を軸に、カメラに向けた挑戦的な視線を逸《そ》らすことなく向きを変える。

古いカメラだから、露出は自分の勘で測る。今日はよく晴れている――絞《しぼ》りをしっかり、けど背景はぼける程度に。少しオーバーぎみでも面白いかもしれない。シャッタースピードは五百分の一秒。ファインダーを覗《のぞ》けば、ペンタプリズム越しに寿々子の力強い瞳と目が合った。

ピントを合わせて輪郭《りんかく》を捉えると、シャッターを切る。

「撮れたよ」

伊藤が片手を上げると、寿々子は満足そうに微笑んだ。

「焼き増しして売ったりしちゃ嫌よ」

くるりと背を向けて、寿々子は学部棟の方へ颯爽《さっそう》と歩いてゆく。

伊藤も部室を目指して歩きだした。早速、暗室で現像してみよう。

きっといい写真が撮れている。そんな予感があった。

私はバブルに向いてない

相羽鈴

私が時代に取り残されているのか。

それとも時代がくるっているのか。

お立ち台という場所に上ったときは、答えの出せない深刻な問いが、私の頭を通り過ぎていく。

目の前で繰り広げられているのは一言で言うと、乱痴気騒《らんちき》ぎだった。

「シホー！　踊ってるー？」

「い、一応」

「動きがカタいよ、もっとノらないと！　お立ち台上ってんだからね！　バカにされちゃおしまいだよ」

ダンスフロアには隙間《すきま》なく人、どこに反射してどこを刺すのかもよく分からなくなるほど複雑な光、耳というより頭のてっぺんに響く甲高《かんだか》い音楽。

「ダメだよ、エミちゃん、わた、わた、私やっぱり、こういうところ、ホントだめ」

「せっかくボディコン着たのに何言ってんのシホ！　ほら！　こう！」

目の前の友達の踊りは、一見さらっとしているのに腰の入り方が違う。

なんだかすごいことになってしまった。

「もうやだ！　東京はくるってる――――！」

これは当時の私の口癖《くちぐせ》だった。

18歳。あの日あの時あの場所。私はとんでもない時代に生きていた。

ちょっと思うところあって当時を回想したくなったので、つらつらと書き留めてくことにする。


1988年の4月、冗談のような田舎《いなか》から上京した。

真冬は積雪が2メートルを超えるが、スキー場があるわけでもない、温泉も出ない、そのものズバリの「村」からだ。中学も高校も毎日、コメ農家をやっている祖父の軽トラで通った。

行くなら県内の短大でいいじゃない。女の子が何も東京なんかでなくても。

まだまだそう言われてしまう時代だったけど両親にはきちんと私の意志を尊重してもらい、神田《かんだ》にある女子大の英文科に入学した。

はじめて東京の地に降り立った日、私はちびまる子ちゃんだって着ないような昭和丸出しのデザインのセーターを着ていた。おばあちゃんの手編みだ。

駅のコンコースで、一生分くらいの数の人間を見たと思った。

立ち尽くしていると、みんなが綺麗《きれい》に私を避けていく。なんて芸術的な無視なのかと思うほど、一筋の関心も向けられていなかった。その後親切に道案内を申し出てくれた人が何人かいたけど、見事に全員キャッチセールスだった。

東京の女の子は意地悪だと勝手に思っていたけど、実際にはそうでもなかった。

「ねえ、さっきの講義出てた？　ノート貸してくれない？」

授業が始まってすぐ、エミちゃんから声をかけられた。ワンレンにフューシャピンクの口紅、腰がぎゅっと絞《しぼ》られたOLさんみたいな肩パッド入りのスーツ。私も一応、精一杯のオシャレをして水玉のワンピースを着ていたけど、彼女に比べたらただの子供だ。

ダサくて幼い私がなぜ声をかけられたのかその時はまったく分からなかったし、カツアゲみたいなものかと思ったけど、実際はそういうわけでもなく、その後も何かと気にかけてもらった。あとで聞いたらエミちゃんのパパは旅客機のパイロットで、だから彼女は海外経験が長いらしい。顔が広くて、小さいことを気にしないタイプの女の子だった。

「す、すごい……本当にここに一人で住んでるの？」

エミちゃんはシックな外観のオシャレなマンションに住んでいた。神田の古びた女子寮に入居したばかりの私は、親にマンションを借りてもらうなんて別世界の話のようでびっくりしたのだけれど、

「ぜんぜん大したことないよ、こんなの。うちの親なんてしょせんは雇われだもん。証券マンや不動産関係なら買ってもらってる子だっているよ」

とあっさり言われた。バブルというのはそういう時代だった。お金は使わなければ消えてなくなってしまう、使えば使うだけあとで大きな魚になって帰ってくる、ゼロの数は徳の数、土地と株は買わなきゃソンソンソン。そういう意思に世の中がつき動かされているようだった。

エミちゃんちのクローゼットには、虹のように美しくボディコンが並んでいた。

「すっごい服……これ本当に着るの？」

「そうだよー。シホも着る？　一緒にマハラジャ行く？」

「無理無理！　私には無理。なんでエミちゃんが声かけてくれたのかも分かってないし」

「えー美人の友達は何人いてもいいよ。ディスコで顔パスしやすくなるし。ほら、このワンピースなんかかわいいでしょ。太ももの横のところにね、自分で穴あけたんだ」

そのリメイク作業は、正直ちょっと楽しそうだった。

「わ、私に着れるかなこんなの……」

「別に着ればいいじゃん。シホ素材はいいんだし」

「でも、似合ってなくてみったくねぇなあ、って言われないかな」

「みったく……って何？」

「あ、方言。やだ、私訛《なま》ってるね、恥ずかしい」

私は思わず、いい匂《にお》いのするワンピースで顔を隠した。みったくないは「みっともない」という意味で、よくおばあちゃんが使っていた。足を広げて座ったり、だらだらと行儀《ぎょう》悪《ぎ》くごはんを食べている時なんかに。

「かわいー。ていうかそんなにウブなのになんで上京したの？　うちの大学って割とハデじゃん？」

「英文科の評判がいいって聞いて……」

「スッチー希望とか？」

「ううん。洋画の字幕の翻訳家《ほんやくか》になりたいの」

私が東京に行こうと決めたきっかけは、映画だった。うちの両親は堅い人達で、当時流《は》行《や》っていたトレンディドラマなど絶対に見せてくれず、だから思春期の私の友達は、テレビ番組よりはビデオ映画だった。……一番の友達は勉強だったけど。

「へー。いいね。クリエイティブじゃん」

東京のかっこいい女の子にそう言われたのが、とてもうれしかった。

結論から言うと、私の夜遊びデビューは大失敗と大成功の「半々」だった。

エミちゃんと一緒に仲良くボディコン服の改造に精を出したその結果、スカート部分に穴をあけすぎた。

ディスコにデビューしたその日、男性という男性の視線は私に突き刺さっていた。けれど「やりすぎくらいがちょうどいい」だそうで、あれよあれよという間にお立ち台、VIPルームと黒服に案内され、そこでいろんな人から名刺や連絡先を渡された。「いいよシホ、最高」とエミちゃんは笑っていたけど、私にとっては恥ずかしくて、思い出すだけで冷水でもかぶりたくなるような記憶である。

今でも雑誌やテレビで当時の画像が使われるとき、自分が映っていないか恐る恐る確認してしまう。

◆

スマホのライトで照らし出される几帳面《きちょうめん》な文字列。

そこに綴《つづ》られた内容に、私はただただポカーンとしていた。

「やっぱー……なにこれ……」

ライトの電球が切れたウォークインクローゼットの奥で、大学の友達と出かけるためにアクセサリーを探していた。

暗闇の中でガサゴソと荷物を漁《あさ》り、そして見つけた一冊の古びたノート。

カントリー調の服を着た女の子に「TOTTEMO IITENKI!!」と吹き出しがついている。

当時流行ったキャラだろうか、なんでわざわざ日本語をローマ字つづりにするんだろう。

しかも大文字。

角ばった丁寧な字を書く「シホ」という女性。これは1988年のママの日記だ。……ってことは30年くらい前。いや少し後になって書かれたものみたいだから日記というより回想録？

私は平成一桁《けた》生まれだから、まだ影も形もなかった頃だ。

「うっわぁ、気になる……」

大切にしまい込まれていた手書きの日記帳。しかもバブルの体験記。勝手に見てはいけない、それは分かる。

だけど私はつい「あとちょっとだけ」とページをめくった。

◆

1988年、この時は知る由《よし》もなかったけれど、まるまる一年続いたという意味では昭和最後の年だった。バブルの中期から後期ということになるのだろうか。花金《はなきん》、朝シャン、ティファニーにトゥールダルジャン。ジュリアナ東京はまだできていないけど、ディスコの流行りはビル内にある小箱から郊外の大箱に移るころだった。

エミちゃんは湾岸まで車を出してくれる男性の知り合いがいっぱいいて、みんな「エミ、今度遊んでね」と嫌な顔ひとつせずに私たちを送ってくれた。

『アキ君』と出会ったのは、梅雨時《つゆどき》だったと思う。ふわりと立て気味にしていた前髪が、湿気のせいか少し萎《しお》れていたような記憶があるから。

ウォーターフロントのＶＩＰルーム。「絶対に来て」と黒服の人から強く念押しされたので、常連というか有名人だったのだと思う。

「美人だね、名前聞いていい？」

「び、美人というほどではないと思います」

「美人だよ。俺が言うんだから間違いない。タイプだな。モノにしたい」

ナンパにしてもここまでストレートなのは初めてで、私はフルーツ盛り合わせのパインに手を伸ばしたまま固まってしまった。積極的、押しが強い、自信家……ついいろいろと言葉を探してしまうけど、一番ぴったりくるのは「イケイケ」だった。

「シホちゃん、アッキー手が早いから気を付けなよ」

「去年のイブ、赤《あか》プリに部屋五つとって、あちこち行き来してお楽しみだったんだから」

ヤンエグかつ三高《さんこう》の皆さんから、とんでもない武勇伝が飛び出してきた。

「その子初心者だからねー、オイタはだめよー」

エミちゃんがくぎを刺すように言った。

「あ、私帰らないと」

腕時計を見ると十一時を過ぎていた。ディスコ的には早朝みたいな時間なのだろうけど。

「え？　もう？」

「私、寮に入ってて……さすがに遅くなりすぎるとマズいんです」

「ああ、マンションじゃないんだ？　まさか門限があるとか？」

門限というのがとても面白い単語でもあるかのようにアキ君はたずねた。

「そういうわけじゃないんですけど、生活態度が悪いと朝食作ってもらえなくなるんです。朝食代一か月八千円払ってるからもったいなくて」

「八千円と言わず、八十万くらいなら今ここで渡すけど？」

目がくらんだ。いや。お金が欲しくなったという意味の「目がくらんだ」ではない。スケールの違いに驚きすぎて、文字通り、目の前の景色がくらっとゆがんだ。

「い、いいえ、とりあえずは帰ります。ごちそうさまでした」

「なんだ。このまま明日、湘南《しょうなん》クルーズ行こうと思ってたのに」

「ええっ、寝ないでですか？」

「うん。まあ船の上で軽くうたた寝するくらい？」

この人は24時間戦う気だ！　とリゲインのCMのように思った。

「まあいいや。帰るならこれ使いなよ。タクシー代」

さらっと無造作《むぞうさ》に握らされたのは、現ナマ約二十万円だった。

「こんなに受け取れませんよ！」

「いや、でもタクシー捕まらないと思うよ、女の子の二人連れだと」

「そうなんですか？」

「うん。お金持ってるってアピールしないと乗せてくれないから。その万札、扇子《せんす》みたいに広げて見せつけたら停まってくれるよ」

「……そんなことしたら親が泣きます」

「っはは！　もうだめ面白すぎるでしょ」

「な、なんで笑うんですか」

「だってシホちゃん、ボディコン着てるのに、親が泣くって」

「……」

確かに。と思った。

「いや、面白い子だな。なんかホントに気になってきた。ね、今度グアムでも行こうよ。ビジネスクラスならすぐ取れるし」

「いいですいいです！　そんなお金払えないし、飛行機乗ったことないから怖いし！」

「え？　海外いったことないの？　ますます面白いな」

思い切り、珍獣を見るような目を向けられてしまった。


それからアキ君は私をあちこちに連れて行ってくれた。シャネルのお店や、来日したてのシェフが作る予約の取れないフレンチ、房総《ぼうそう》のゴルフ場。エミちゃんにいつもついてきてもらってだいたい二対二のダブルデートだったけど。彼はテレビ局の役員の息子で、自身も株主なのだという。どこの株が上がったとかどこのマンションやゴルフ会員権を買ったとか、景気のいい話題に事欠かない人だった。「アッキー」は有名人でどこのディスコも顔パスで、野球選手や売り出し中のアイドルとも気安く会話をしていた。一度、当時人気があったトレンディ女優をそうと知らなくて思い切り不機嫌にさせたことがあったのだけど、その時もアキ君が「ごめんね、この子そういうの疎《うと》いんだ」ととりなせば「まあアッキーがそういうならぁ」としぶしぶ引き下がってくれた。

彼の愛車はころんとした形のポルシェで、左ハンドル車というものの存在を知らなかった私は、思い切り運転席に乗りそうになった。

「実家のお父さんはどんなクルマ乗ってたの」

そう尋ねられたが、私が実家で毎日のように乗っていたのは、祖父の軽トラである。しかしそうとは恥ずかしくて言えず、

「えっと…白くて四角い…」

「ふーん、カムリかソアラかな」

結局ごまかしてしまった。

彼の車で流れていた「君の瞳に恋してる」に「かわいい歌！」と感動したら、

「だいぶ前に流行った曲じゃん。本当に何も知らないんだね、かわいいなぁ」

なぜかしみじみした口調で言われた。

毎日違う場所に連れて行ってもらって、毎日知らない誰かと会って、気づけばそれが当たり前になりかけていた。そのころ「ランボー」や「ポリスアカデミー」が上映されていたので「たまには映画でも見に行かない？」と私から誘ってみたのだけれど、それはあまり取り合ってもらえなかった。

「え、でも今流行ってるのって　ちょっと子供っぽいよね。シホにはもっといいとこ連れ

てってあげたいな」

子供っぽい映画だって楽しいよ。そう言ってしまえばいいのに言えなかったのは、どこかに自分が田舎者《いなかもの》だというコンプレックスがあったからだろう。

「相変わらずだねアッキー。気に入った子にあれこれしてあげるの」

「俺、女の子には俺の金でとびきり輝いてほしいんだよね」

そんな言葉にヒュー、と口笛が響く。

「と、東京はくるってる……」

私はぼそっとつぶやく。そしてまた大笑いされた。

「ま、ギラギラしてないのがシホのいいとこだけどね。アッキーだってそう思うでしょ？」

「そうだね」

エミちゃんのフォローに、アキ君は鷹揚《おうよう》に笑って見せた。

夜遊びのたびに渡される多額のタクシー代は、毎回おしつけるように返そうとした。良心が咎《とが》めるというよりは、寮に大金を置いておくと物騒だからという理由のほうが大きい。

「恥《はじ》をかかせないでよ」

「いや本当に、物騒な世の中なので！」

「面白いなあ」

結局そう言われるだけで、受け取ってもらえなかったけど。

◆

ノートに並ぶ文字を目で追いかけ、私はひたすらにびっくりしている。

「うちの母親が絵にかいたようなバブリーギャルだった件」……ラノベのタイトルになりそうな大事件だ。

「雪穂《ゆきほ》？　何してるの、早く荷物片付けて寝なさい」

リビングのほうからママの声がした。おばさん感とおせっかい感あふれる、別に嫌いなわけじゃないけど「うっさいな！」とどうしても言い返したくなるような声だ。

そう、うちのママは本当に普通のおばさんなのだ。化粧品《けしょうひん》なんか私でも買わないようなプチプラばっかりで、デパコス使ってるのなんか見たことない。

「『俺の金でとびきり輝いてほしいんだよね』……ぶはっ」

荷物の奥にそっとノートをしまい込みながら「アッキー」の真似《まね》をしてみた。

ここを読んだとき、本当に「マンガかい！」とM－1獲《と》れそうなくらいのツッコミが出た。

ママの東京生活は、いったいどうなってしまうんだろう。

翌日も、私はこっそりウォークインクローゼットに入ってみた。赤裸々《せきらら》バブル手記の続きをどうしても読みたかったのだ。

盗み読みなどという行為を自分に許してしまうのには、切実な理由がある。

私、遅ればせながらとんでもないことに気づいてしまった。

24時間戦うリゲイン男アッキーは、私のパパである可能性がある。

パパの名前に「あき」はつかないけど、アキって女の子みたいな名前だし、そもそも本名じゃないんじゃないか。

ママはパパにベタ惚《ぼ》れされて数年つきあって、大学卒業後すぐに結婚したけどなかなか子供が出来なくて、あきらめた頃にひょっこりと私ができたと聞いた。

「つまり大学時代の前半に知り合った男性がうちのパパってことだよね。タイミング的に」

マジですか、と正直思った。普段はたいして考えもしないパパのことを、じっくりと思い出す。一応社長で忙しい人なので家ではそんなに顔を合わせない。悪い人ではない。たぶん仕事はデキるんだと思う。母と同じであんまりバブルの香りはしないけど、30年続いた平成の間に真人間に変わっただけかもしれない。

果たして万札男アッキーが私の父親なのか？

それともこの後、第二、第三の男が出てくるのか？

娘としては、気になるに決まってる。読んじゃえ。

◆

疲れた。

私はバブルに疲れていた。

毎日は途方もなく刺激的で贅沢《ぜいたく》だ。有名人であるアキ君のお気に入りになったことで、どこに行っても一目も二目も置かれる。最後の一線として朝帰りだけはしないようにしていたけど、その防衛線を破ってしまおうかと思うことも多々あって、正直に言えば浮かれていた。でもやっぱり……合わない服を無理やり着ているような、大きな靴擦《くつず》れを我慢して歩いているような、甘いミカンが好きなのに酸《す》っぱいのばかり食べているような、そんな違和感がつきまとう。

家族に手紙でも書こうかな、と思って神田の文具屋でレターセットを買ったけど、一行たりとも文面が思いつかなかった。だって何を書いたらいい？　パンツが見えそうな格好をしてお立ち台で踊っていますなどと正直に綴《つづ》ったら、両親は卒倒するし祖父母は仏壇《ぶつだん》を拝みだすと思う。

みったくねぇなあ。おばあちゃんたちが聞いたら、きっとそう言って怒られる。でもなんだかその響きすら恋しかった。

今にして思えば、それはホームシック以外の何者でもなかった。しかも、かなり重度の。


ホームシックの私は、実にあっさりとある「奇行」に出た。

七月のある日、夜中でも空気が温《ぬる》いというのに、新潟から着てきたセーターで、寮の周りをフラフラしていた。なぜそんな行動に出たのか今もなお分からないけれど、やっぱり遅めの五月病とバブル疲れで心が不安定だったのかもしれない。田舎の押し入れの臭《にお》いがする手編みのセーターを着ると、獣が自分の毛皮をまとったようにしっくりきた。歩き回るうちに、ふっと映画が見たいなと思う。ちょうど岩波《いわなみ》ホールが60年代の反戦映画や東西ドイツの名監督の作品をかけていた頃だ。せっかく東京に出てきたのだから、ちょっと背伸びしてそういうものも見てみたいと思った。だけど夜中なのでどこもやっていない。

『銀塩《ぎんしお》シネマ』

その時、雑居ビルの壁にさりげなく掛けられたそんな看板がふっと目に留まった。映画館というよりは、ちょっとコーヒーのおいしい喫茶店につづいていそうな2階への階段がある。「70年代スモールフィルムオールナイト上映」と手書きの紙が貼りつけてあった。

ちょっと怖かったけど、手編みのセーターで妙に気が大きくなっていた私はその階段を上がってみた。小さなロビーにはカウンターとビニールの破れたベンチがあるだけで、パンフレット売り場も自動販売機も、何もない。黄ばんだ壁に直接マジックで有名人のサインと思《おぼ》しきものが書いてあるけど、どれもかすんで消えかかっていた。真っ赤なじゅうたんが異世界のように浮き上がって見えた。

「いらっしゃいませ。おひとり様ですか」

「あ、はい」

ぼそっと声をかけられた。パイプ椅子《いす》を入れたらキッキツになるようなカウンターに、大学生くらいの男の子が座っている。モギリもいない、ただチケットを買って入場するだけというシステムらしい。一応二つ、スクリーンがあるみたいだ。

「ホントに映画館だ……あ、ごめんなさい」

「いいんです。オーナーが物好きで……ほとんど趣味でやってるようなものなんです」

つぶやいてから失礼だと気付いて謝ると、受付の男の子は小さな声でそう言った。シャイな性格なのか、正面にいてもあまりしっかりと目が合わない。でも顔立ちが優しい。

グッチのサングラスではなく、普通の眼鏡《めがね》をかけていて。

アルマーニではなく、普通のポロシャツを着ていて。

ヴィトンのセカンドバッグより、ナイロンのウエストポーチが似合う。

故郷の高校にたくさんいた、勉強の好きな男の子たちにそっくりだった。

ああ、とても落ち着く……と思った。

「おいジュン、かけるか」

「あ、回してください」

カウンターの奥の小窓から、いきなりおじいさんの顔がニュッと出てきて、そして一瞬で引っ込んだ。私は小さく悲鳴を上げる。

「今の人、映写技師なんです。不愛想でごめんなさい」

「びっくりした……うちの祖父にちょっと似てます」

「シゲさんって言って、腕は良いんですよ。大正生まれで、夕張《ゆうばり》の炭鉱街でずっと映写をやってて……日本映画の黄金期をリアルタイムで知ってる人なんです」

「へえ……」

千円払って入ったのは、ただのコンクリート張りの部屋だった。シートが50ほどに、小さなスクリーンがあるだけ。最前列などは、手を伸ばせばスクリーンに手が触れそうだ。

本当にこぢんまりとした映写室だけど、赤い布張りの椅子はふっかりとして気持ちよかった。スクリーンは大きな映画館のものより少し横長に見える。

「すみません、大学の授業で評論書かなくちゃいけなくて。邪魔にはなりませんので、僕にも見せてください」

私の斜め後ろに、申し訳なさそうにジュン君が座った。

「学生さんなんですか？」

「はい」

映画はなかなか始まらない。

「どうしたんだろ、シゲさんトイレかな……フィルム巻き返してないとか……」

会話がつづかないので二人ともソワソワしはじめた。

「でもここ、素敵ですね。小さいけど臨場感がありそうで、椅子も気持ちよくて」

「分かりますか！　古い映写機に合わせて微調整してもらってるんですよ、床の傾斜や視認性や音の吸いも実はけっこう計算されてて、飯田橋《いいだばし》ギンレイホールを設計した人におねがいして……」

なにやら随所《ずいしょ》にこだわりのある映画館のようだった。しまった、私なんだか知ったかぶりしちゃった？　と正直思った。

「あの、えっと失礼かもしれないけど……落ち着きます。実家みたいで」

「そうなんです、僕も落ち着くんですよ！　祖父の家に趣味で作った映写室があったんですけど、そこを思い出すんです。岩波ホールや新宿ロマンにはかなわないけれど、この劇場にも20年通ってくれるファンの方がいて、でもここ数年はみんな土地転がしで忙しいのかな。ぜんぜん来てくれなくて……」

ちょっと早口で一気に言い、しまったと思ったのか、また目をそらす。

「なんか、すみません。お客さん来たのが久しぶりなので」

「私も映画見るの久しぶりです。実家ではよく見てたんです。地元に一軒だけレンタルビデオのお店があって」

「僕も祖父の趣味じゃない新作はレンタルで借りましたよ。うち愛知の田舎《いなか》だったんで一泊４００円でしたけど」

「うちの地元は４５０円でした……」

「あっ」

「できたばかりの店なのになぜか昼間から薄暗くて……新作が半年遅れで入って……」

懐かしくてつい遠い目になる。

「す、すみません」

「でも楽しかったんです。知らない映画を見るのが」

まだ何も映らない真っ白なスクリーンを眺めていると、ふっと田舎の実家のことを思い出した。深夜、こっそりと居間に降りて行って音量を絞《しぼ》って、ホラー映画を見るのが好きだった。両親にバレたら怒られる。そう思うと本当にドキドキした。

「……」

きづけばジュン君の視線がじっとこっちに向いていた。田舎のことをシンミリと思い出していたのが気恥ずかしくなってうつむいたとき、カツンと突然照明が落ちる。

そして何の前触れもなく、映画が始まった。

どうしたことか、唐突《とうとつ》に、一切の脈絡なしに、濃厚なベッドシーンだった。

「……」

「……」

白黒の、少し埃《ほこり》っぽいような古びた画質。無音だけど、乱れたシーツがやけになまめかしい。

見られない。これは見られない。

私はただただ下を向いていた。

たぶんジュン君も同じように真っ赤になっていたと思う。

「あ、あれ。試写と違う……それに何でこんなところから始まるんだろう。ふ、古いフィルムだからどこかで切れたのを無理に編集したのかな、シゲさんに言わないと」

うわずった声で早口に呟《つぶや》きながら立ち上がる彼に、「は、は、はい」と返事をするので精いっぱいだった。


翌日も私は銀塩シネマに行ってみた。さすがにおばあちゃんの手編みではなく、ごく無難なシャツとスカートを着て。今日もやっぱりお客は私しかいない。そしてカウンターのジュン君もいなかった。エミちゃん以外で久しぶりに自然に会話ができる相手だったので、ちょっとガッカリした。

その時、カウンターの奥で何かが動いた。映写技師のシゲさんだ。

「きゃっ！　あ、すみません」

薄暗かったので、置物か何かかと思った。

「ジュンなら休みだよ」

「そうですか……」

それも失礼だろうとは思うのだが、なんとなく毎日いそうなイメージがあった。

「早大生《そうだいせい》は忙しいんだろ。課題だなんだで」

シゲさんはじーっと、私を見た。

「あの……？」

「姉ちゃんに言っとくことがある」

「は、はい」

なんとも言えない迫力があったので、まるでうちのおじいちゃんにお説教をされるときのように、ピシリと背筋を正してしまった。

「ジュンはピカピカのサラだ」

「サラ？」

「童貞だ」

いかめしいお説教の顔から、とんでもない単語が出てきた。

「な、な、何をいきなりそんな、個人のプライバシーを、というかえげつないことを」

私は当然、動揺《どうよう》した。いやそこにまったく意外性はないし清い体というのもお互い様だしなんとなくホッとしてしまったのだけど、わざわざ不意打ちで聞きたいことでもない。

「あんた、歩き方が堂々としてる。男にたっぷり金をかけられてる女だ」

「あ……」

見抜かれた、とその時確かに思った。口紅も香水もつけていなくても、チャラチャラした何かがにじみ出ていたんだろう。

「ジュンは奥手だから、アンタから誘わないと何もできないよ。でも、遊びならやめてやっとくれ」

本当の孫を心配するような口調で言われてしまい、私はうまく言葉を返せなかった。


週末、友達を紹介したいとアキ君にいわれて六本木《ろっぽんぎ》の中華料理店に来ていた。個室の円卓ではおしゃべりに花が咲いていて、何万円もする北京《ペキン》ダックがほとんど手を付けられないまま乾燥しかけていた。

「アッキーが山奥から出てきた女の子をオキニにしてるって聞いて気になってさ」

「山奥ってのはやめろよ。この子は特別なんだから」

「どうしたの最近、ヤキが回った?」

「この赤プリ五部屋男をついに本気にさせたんだ。やるねシホちゃん」

「意外だな、アキは遊ぶだけ遊びまくって40くらいで結婚するのかと思ってたよ」

「そういうわけにもいかないよ、不動産の勉強だってしたいし」

「まあアッキーは安泰でしょー? 親、つげテレビの役員だもんね」

「ねえー？　なんかサッカーのすごい放送権取ったんでしょ？」

「いや、これからは放送事業だけやってても仕方ないよ、いろいろと仕掛けていかないと」

「おー、結局勝つのはアッキーかよー、やりきれねーなー」

「シホちゃんこいつのことよろしくねー」

目の前にすごい人がたくさんいて、その人たちは軽快なトークで私を楽しませようとしてくれる。一体なにが不満なの、と自分でも思うのだけど、その時私は「あの映画館に行きたいな」と頭の片隅でぼんやりと思っていた。


「銀塩シネマ」はいつ来ても時間を止めたような空間で、いつ来ても色あせないしっとりとした映画をオールナイトで流していて、そしていつ来てもお客さんがいなかった。

「なんとなく今日、来てくれる気がしてました」

私が訪ねていくとジュン君は嬉しそうにパイプ椅子から立ち上がる。

彼は評論の課題がいまいち進んでいないとかで毎回「お邪魔します」と申し訳なさそうにお客さん用のシートに座っていた。最初は席が離れていたのだけれど、その距離は一回通うごとに近づいて、今日は私たちの間には三つしか座席がない。

その日見たのは「ウエスト・サイド物語」、ミュージカル映画の名作だった。エンドロールが流れ終わると私はほうっと息をつく。上映時間は二時間半あったらしいけど、ダイナミックな踊りと激しい感情のぶつかり合いに息をのんで、食い入るように見てしまった。

「本来70ミリで見たほうが迫力が出るんですけど、でもいつ見てもいいものですよね。うちのお客さんで『リバイバルやってくれ』っていう人多いんですよ」

「私初めてなんですけど、すごくおもしろかったです」

「よかった。昔のフィルムだし翻訳《ほんやく》も古くて言葉遣いとかちょっと荒いんで女性にはどうかなと思ったんだけど、楽しんでもらえて」

「そんなに違うんですか？　私、映画の翻訳の仕事がしてみたくて」

気になってたずねるとジュン君は、大型犬のタックルのように勢いよく食いついた。食いついたといっても私に、ではなく話題に、だ。

「本当ですか！」

「は、はい」

「嬉しいなあ、そんな人が来てくれるなんて！」

ガッと顔を寄せて、しかし目が合うとパッとそらす。でも本当に嬉しそうだった。

「面白かったー……」

翻訳の仕事がしたいと言うのは嘘じゃない。嘘じゃないのになぜだろう。ちくりと小さく、胸が痛んだ。最近勉強をサボっているからだろうか。

「字幕翻訳は奥が深いですよね。『明日は明日の風が吹く』が元々は『Tomorrow is another day』って言うの、あのあたりはすごく有名だし、けっこう賛否両論だけど、僕はああいう変わったところから持ってくるような訳が好きだな」

「あ、それ私の大学の教授も講義で言ってました。かと思えば『俺が法律だ』はいかにも意訳っぽいけどそのまんま『I Am The Law』だって」

「そうそう、面白いですよね」

「面白いですねぇ……」

まだ映画の余韻《よいん》が残ったようなスクリーンの前でうんうんとうなずきあう。

「僕も将来は映画の買い付けをやりたいんです。イタリアやフランスだけじゃなくて、アジアからも面白い映画がどんどん出てくるはずだし、イランみたいな政情が不安定な国にもいい監督がいますから。どんどん日本に紹介したい」

「すごい……」

「あっ、ごめんなさいまた自分の話ばっかり。シホさんはふだんどんなの見るんですか」

うう、ついに来た、と思った。映画は好きだけど、専攻までしている人の前で堂々と語れるほどには詳しくない。

「一番よく見るのは、怖いの……かな」

「いいですね、何が好きですか」

『死霊のはらわた』です。とは言えなかった。

「シ……『シャイニング』？」

かろうじて「ワカッてそう」なタイトルを持ってきてお茶を濁《にご》してしまう。見たことはあるけど、正直ラストの意味が摑めなかった。

「キューブリック！　原作者のキングとは意見が合わなかったらしいけど、あれもいいですよね、演出がうまい」

「そ、そうですね」

どうにか話を合わせながら、ひそやかな自己嫌悪に陥《おちい》っていた。どうして自分はほんの少し、見栄をはってしまうんだろう。知らないクルマを知ってるふり。分からない映画を分かったふり。なんだか知ってるふりをするために東京に来たみたいだ。

ふっと、質問が口をついていた。

「ジュン君は、ディスコで踊ってるような子たち、どう思う？」

そういえば「ふり」ばっかりしてるなあと思って、何とはなしにたずねただけだった。

しかし彼から返ってきた反応は、素早くて静かで、それだけに苛烈《かれつ》だった。

「ああいう子たちは、大嫌いだ」

背筋のあたりがヒヤっとした。吐き捨てるように……というのとはまた違って、なまなしい実感がこもっていた。それ以上は触れられない。触れられないけどとにかくギャルが大嫌いだというのだけは、はっきりと分かった。言葉の重さに縫《ぬ》い留められたように、私はシートから動けなかった。

◆

「あの、隣いいですか」

翌週、ついに映画館におけるジュン君との距離が、真隣になった。

色あせない名画を二人で見るのは楽しかったけど「大嫌いだ」の一言は私の心にぐっさりと刺さり続けている。その日はわくわくするような西部劇がかかっていたのに、ちっとも話が頭に入らなかった。

「だ、第二の男だ……」

予想通りと言うべきか意外にもと言うべきか。

ママのバブル放浪記に、新たな人物が出てきた。

もう浮ついてて見てられない、真面目《まじめ》なんだし根本からバブル向いてないよ！

と思っていたところに、突如として登場したピュアな早大生。

なんだこれは、どこぞのネットドラマか。ツッコミが追いつかない。

でも、神田の雑居ビル、小さな映画館の受付なんて雰囲気《ふんいき》があっていい出会いだなと思った。説明好き男ってのがちょっと気になるというか割と地雷臭するけど、でも誠実そうだし、付き合うなら絶対にこっちのほうがマシだと思う。

しかしここで私の頭に、大きな疑問符が乱れ飛んだ。

私のパパの名前には「アキ」もつかないけど「ジュン」もつかないのだ。

ということは、ママはどちらとも結婚はしなかったんだろうか。

まさかこの後第三の男があらわれるとか？

だとしたらママは一体どれだけ気が多かったの？

やっぱり……この手記は最後まで読んでしまいそうだ。ごめんねママ。

◆

映画館で会ったジュン君のことを、エミちゃんには話していた。

「えー？　将来性、スマートさ、箔《はく》、何をとってもアッキーの方が上じゃない」

神田のカレー屋さんで昼食を食べながら、返ってくるのはそんな言葉だった。

大学では属するグループが全く違うので、私たちは時々こうして密会のように近所でご飯を食べていた。

「でもジュン君と話してると落ち着くの」

「あーそっか。シホは翻訳家志望だもんね」

私はうつむいた。確かに翻訳をしたいのにうんと言えなかったのには理由がある。目の前のエミちゃんは、私よりもかなり、英語の成績がいい。東京に来て気づいたのだけど、英語が得意でついでに綺麗《きれい》な女の子なんて、世の中には本当にたくさんいるのだ。

「エミちゃん、私ね」

「あー、分かってる分かってる。最近お疲れでしょシホさんは。無理して付き合ってくれてんじゃないかなぁと思ってた」

「……バレてた？」

映写技師のシゲさんに実はチャラチャラしていることを見抜かれ、エミちゃんには無理してチャラチャラしていることを見抜かれる。自分は最高にダサいと思った。

「ちょっと引退とか考えてるでしょ？　たぶん、その映画館の彼の影響で」

「うん……なんかフヨフヨしてるね、私」

「いいじゃん別に、細かいことは気にしなくても、したいようにすれば。まあ私は無理にやれともやるなとも言わないからさ。たまにはこうしてご飯でも食べてよね」

「エミちゃん……ありがとう」

私の「バブルの師匠《ししょう》」はやっぱり、カッコよかった。

けだるげに長い髪をかきあげた彼女は、でもさ、と声を落としてつづける。

「アッキー、シホに本気だよ？」


昼食を終えて大学に戻り、テストの成績を受け取った。

並ぶ数字と評定を見て言葉を失う。ひどい、と思わず声が出るほど、惨憺《さんたん》たるものだった。週末といわず水曜や木曜から遊び歩いていたのだから当然と言えば当然なのだけれど、さすがにもう少しマシだと思っていた。代返しまくりでも内定なんて勝手に取れる、というか十社でも二十社でも向こうがくれるよ、と友達や先輩は言うけど、それは一般職の場合であって、さすがに語学力なしで翻訳家にはなれないだろう。そんな夢を抱いていたこと自体、猛烈に恥ずかしくなった。

寮に戻るとなんだかドッと疲れてしまい、六畳《じょう》の和室の真ん中に一人で座り込んでいた。何もする気にならなくてただぼんやりしていると、寮母さんに一階から呼ばれた。

電話だというので出てみたところ、アキ君だった。

「突然ごめんね。共一《きょういつ》女子大のそばの寮っていうからここじゃないかと思って」

携帯電話どころかポケベルも普及する前の時代だ。急に連絡が来て戸惑ったけど、自信たっぷりな口調を前にすると、あれこれ考えるのが面倒というか、こっちが間違っているような気持ちになる。

「ね、イタリアン食べに行かない？　まだ『Hanako』にも載ってないオープン前の店。迎えに行くよ」

断ることもできたけれど、モヤモヤを払うために誰かに会いたかったのも事実で、私は結局その誘いにうなずいていた。

鏡に向かって、ルージュを引く。作り物っぽいのに強烈な現実味も感じさせる、青みのつよいピンク。アキ君がプレゼントしてくれたシャネルだ。それを塗れば特別な存在になれる、なぜか強くそう思った。自分以外の誰かになりたいわけじゃない。自分以外の誰かの持っているものが欲しいわけじゃない。自分以外の誰かの稼《かせ》いだお金が欲しいわけじゃない。

でもその時、ほかにどうすればいいのか分からなかった。

手編みのセーターを着て街をうろうろしたのと同じように、私は完全に自分を見失っていた。

一階に降りていくと、寮の子たちがぎょっとしたようにこっちを見た。

あの子一体どうしちゃったの、という顔だ。当然だろう。私はタクシーでディスコから帰ると毎回こっそりと裏口から入り、誰にも顔を合わせず寮の一階にあるトイレで着替えてメイクを落としていた。その小さな努力を、その時は無性に放り捨てたくなっていた。

寮の目の前にアキ君のポルシェが横付けされている。

正直に言う。注目を浴びながら左ハンドルの車に乗り込むとき、確かに一瞬だけ、たとえようもなく誇らしかった。

食事のあと、冗談めかして「どこかに泊まる?」と誘われたけど、それは断った。アキ君はしつこく踏み込んでは誘わずに、寮まで私を送ってくれた。

「ありがとうございました。おいしかったです」

去り行くポルシェを見送る。モヤモヤを払うために出かけたのになんだか余計に疲れた。やっぱりどっちつかずだなあ……とさらに自己嫌悪が募《つの》っただけで、情けなさとも申し訳なさともつかない気持ちが余計にこげつく。

ハイヒールを鳴らして振り返り、寮に戻ろうとした。

その時、歩道にいた『誰か』と目が合った。

「あ……」

街灯の下に長い影をのばして、呆然《ぼうぜん》と立ち尽くしている男性。

ジュン君だった。

目を真ん丸に開いて私をマジマジと見つめている。

いつもロングスカートや地味なセーターで映画を見に来る私が、どぎつい色の口紅を塗って、体のラインを見せつけるボディコンを着て男のポルシェから出てきた。

信じられないものを見てしまったという顔で、ただ突っ立っている。

そして何も言わずに背を向け、走り出した。私は追いかけることができない。

『ああいう子たちは、大嫌いだ』

いつか聞いたそんな声が胸の奥によみがえる。去り際に一瞬だけ見えた、彼の瞳。

そこに浮かんでいたのは、確かな失望だった。

数日たってから、勇気を出して銀塩シネマに行ってみた。

「ジュンならしばらく休みをとるってよ。何か熱心に研究してるみたいだ」

地蔵のように微動だにしないシゲさんがそれだけ告げた。

それが私に会わないための口実だというのは、すぐに分かった。きっと驚かせたしガッカリさせたし、すごくすごく嫌われた。フラフラと歩いて電車に乗ったけど、特に行きたい場所はなくて、結局すぐ寮に戻ってきた。比喩《ひゆ》でなく本当に、かかとに大きな靴擦れができていて、帰りつくころには一歩踏み出すだけでも痛かった。

「みったくねえなあ」

布団に倒れこむと声が漏《も》れた。布団には自分の香水のかすかな残り香がついていて、なんだか自分の匂《にお》いなのにやり切れない気持ちになった。

◆

「ああ…」と思わず声が出た。

ないわ。それはひどいわ。ジュン君はママのことを、自分と共通の話題で盛り上がってくれて都会に戸惑う、ピュアな女の子だと思っていたはずだ。そんなオタサーの姫みたいな真似《まね》しといて実はクソビッチだったなんて、それはダメだよお母さん。昭和と平成、どっちの価値観でも、ナシ寄りのナシだと思う。清純派女優がIT社長と結婚するだけで

「鬱《うつ》だ死のう」ってみんな言うんだから。

　私は東京育ちで実家から離れたこともないし、ママの焦りや寂しさは分からない。だからってこれは彼がかわいそうだ。ママはたぶんジュン君が好きだと思うけど、この淡い恋はもう終わりだろう。彼のことはもうそっとしておくのがいいんじゃないかと思う。正直同じ女として、ここのくだりはちょっとイラッとした。

◆

　赤プリのスイートルームは、二人用のはずなのにソファが十人分くらいあった。そのくらいに広いのだ。

　フレンチを食べるだけだと言って誘われたのに、彼は最上階に部屋を取っていた。

「恥《はじ》はかかせないでよ。夜景を見るだけ」

　その一言に、逆らえなかった。

　あれからジュン君とは一度も会えてはいない。もともとアルバイトとお客だったのだ。もう忘れることにした。

　だから今日、意を決してアキ君の誘いに応じた。

「いい眺めだろ?」

赤坂の夜景は、官公庁や商社のビルの光が無数にきらめいている。大都会だな、と改めて思った。決して冷たいばかりじゃないけど、何もかもが目まぐるしくて油断をするとあっという間に置いて行かれそうになる街だ。

「そうですね。私にはもったいないくらいです」

「もうそれはやめにしない？　敬語はいらないし、それに私なんか、とかいう子、俺嫌いだな」

肩にそっと手を載せられる。内心ビクッとしたけど、すうっと息を吸ってから自分のそれを重ねた。ジュン君に失恋したショックで、ヤケになりかけていた。

「私なんか……もう全然ダメです。試験の結果も散々だったし、もっと頑張らないと」

「でもシホにはそれ以上の価値があるよ。ここから先は言わせないでほしい」

お前には価値がある。それは私が何よりも欲しかった言葉だった。

だけど今ならなんとなく分かる。その言葉が欲しいなら。

リゲイン片手に24時間じゃなくても、もう少し、戦わなきゃいけないんじゃないかな、ということ。私はヤケになり『かけて』いた。完全にヤケを起こしたわけじゃない。

だから覚悟を決めてゆっくりと、その手を外した。

「シホ？」

昨日、ジュン君が話していた『風と共に去りぬ』を見た。スカーレット・オハラの性格やその他ギョッとしたところは多々あれど、そのたくましさに惹かれたし、面白かった。明日は明日の風が吹く、は本当に原語だとシンプルにただ『Tomorrow is another day』、明日は別の日、と言われていた。翻訳《ほんやく》ってすごいと思った。スクリーンに収まるサイズのわずかな言葉で、外国語を分かりやすく自分の解釈や知識も加えて魅《み》せる。

「……ごめんなさい、やっぱり私、お付き合いはできません」

明日は別の日だけど、今日の続きだ。別の風が吹いたくらいで別人にはなれない。シャネルを着てもディスコで踊っても、私は私以上にはなれなかった。

「今日、これを返しに来ました」

私がカバンから取り出したのは、封筒に入った札束だった。百万近くはあるだろう。タクシー代やちょっとしたお小遣い。アキ君が今まで、私に渡してくれたお金だった。

「あなたと一緒にいると毎日がすごくキラキラして楽しかった。いろいろありがとう。勝手なのは分かってるけど……でもやっぱり私は、自分の夢をかなえられるように頑張ってみたいです」

ジュン君に振られた。だからこれを言う決意ができて、今日ここに来た。

「そうか。でもこれは受け取っておいてよ」

アキ君はこたえた様子もなさそうに、小さく笑って言った。

「シホには本気だったから。持っておいてほしいな」

落ち着き払ったまま、ポンと封筒を返された。それはスマートで大人びたしぐさだった。

受け取っておけばいいんだろう。それがきっと「正解」だ。でも。

「ごめんなさい。返させてください。このお金は使えません」

はっきりと言って、サイドテーブルにそっと封筒を置く。

アキ君から帰ってきたのは、私の口調以上にはっきりとした反応だった。

「そういうとこ、さ。好きだけどイライラするんだよ」

「え」

「恥をかかせないで、って俺、言ったよな？」

彼の目が一気にすわった。

「ちゃっかり受け取っておけばいいのに、なんでわざわざ返すんだよ？　それが何を意味するのか分からないのか？」

分からない。本当に分からなかった。

私はただ薄く唇を開けて、アキ君を見上げていた。

「それが分からないから、お前は田舎娘《いなかむすめ》なんだよ」

アキ君の顔に浮かぶのは怒りと……何かそれ以上のドロッとした感情だった。

こんな顔の男性、私は映画の悪役しか見たことがない。

「ノコノコこんなところまでやってきて、それで済むと思ってるのか？　本当に、何も知らないんだな」

じりっと一歩、距離が詰まる。

◆

アッキーがキレた！

わからない、何を怒ってるんだか本当にサッパリ分からないよ！

「ううん……何となくなら分かる、かな」

私は私なりに、想像してみた。バブルの申し子アッキーの心中をだ。

ママがお金を受け取っておけば、ちょっと変わった不思議ちゃんに興味本位で100万ばかり貢いでみました、ですむんだろう。それこそYouTuberが札束風呂に入ってアクセス数稼《かせ》ぐみたいな、軽いノリで済んだんだろう。でもそれを生真面目《きまじめ》に、耳をそろえて返されてしまった。シャレに持っていけずに、礼儀《れいぎ》を尽くしてフラれたわけだ。これはプライドの行き場がないし……

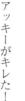

たぶんアッキーはバブリーでバカでボンボンの3B的な男だけど彼なりに、ママに本気だ。だからこそ、ヤバい。可愛《かわい》さがあまると憎さは100倍になる。それこそ2010年代を生き、清純派女優のネット叩きを見ている22歳の私は、よく知っている。

ママ逃げて、そいつヤバいよ！　と言わずにはいられなかった

◆

「いやあああああああああああ！」

私はスイートルームの広い広いベッドの上で、しっかりと布団にくるまっていた。ムードのないところを見せれば引いてくれると思ったのに、アキ君の呼吸はどんどん荒くなる。

「お願いやめて！」

「ここまで来ておいてそれはないだろう」

本気の攻防だった、スマートさをかなぐり捨てたアキ君はたまりにたまった何かをぶつけるように、私の上にのしかかる。

「本当にダメです！　やめてください」

「もう遅いよ」

必死の訴えはあえなく無視され、今にも布団がひん剝《む》かれそうになる。

もうだめだ、お父さんお母さんごめんなさい、と思った時。

ばさっと音がして、体の上が軽くなった。

はらはらと真っ赤な何かが舞っている。一瞬血だと思ったけど違う。

それは瑞々《みずみず》しいバラの花びらだった。え？　バラ？　と頭が混乱する。

「シホさん！」

目を疑った。

ジュン君がそこに立っている。まったく全然似合わない……たぶんアルマーニのスーツに身を包んで、バラの花束を持っていた。その格好の似合わなさたるや、十年近くを経てもなお私の記憶の奥深くにみっしりと刻み込まれている。本当に本当に、似合っていなかった。ぼさっとした髪におしゃれではないほうの眼鏡《めがね》に、足元はスニーカーのまま。

「シホさん！　結婚してください！」

「はあ？」

「間違えました！　結婚を前提に付き合ってください！」

私に襲いかかるアキ君を花束でぶん殴《なぐ》ったと思われるジュン君は、布団から出てきた私にそう叫んだ。

「僕なりに、いろいろ考えた結果です！」

いったい何をどう考えたんだろう。

「僕はディスコ好きの女の子に大学で虐《しいた》げられて派手な子が嫌いだけど！　でもシホさんがそれを望むなら！　頑張ってこっち路線の男になりたいと思います！　バイトを休んでいろいろ研究してきました」

よくわからない。私はゆるゆると頭を振る。

長く伸ばしたワンレンの髪が、はらっと一筋、私の顔の前に落ちた。

自分もこっち路線にって、え？　そっちにハンドルを切っちゃうの？

そもそもどうしてここに？

私が聞き返すよりも早く、体勢を立て直したアキ君がジュン君の胸倉をつかんだ。

「シホ、こいつ誰だ？　つまみ出すぞ？」

馬鹿にしたような声で言うと、そのままジュン君を床に引きずり倒す。また花びらが舞った。

「気分悪いな。部屋取り直すか」

アキ君は私の手をつかんで出ていこうとする。その背に起き上がったジュン君が飛びついた。

「こいつ！」

カッとなったアキ君が拳をにぎった。ジュン君が殴られる！　と思い、割って入ろうとしたけど、足にできた靴擦れが痛んで私の動きが止まる。

「やめて……！」

ジュン君の頰《ほお》に深々とめり込むかと思った拳は、しかしほんの十数センチ手前で、ぴたりと静止した。

「お前……もしかして帝藤《ていとう》芸能の」

何かに気づいて、アキ君が眉間《みけん》にしわを寄せた。そのまま不可解かつ苛立《いらだ》たしそうに、しぶしぶといった様子で拳が下ろされる。

「祖父の会社は関係ない……行こう、シホさん」

ジュン君はかっさらうように私の手を取る。

「何でお前がこんなところにいるんだ」

唸《うな》るような声で尋ねるアキ君に、きっぱりと一言だけ答えた。

「彼女が好きだから、来たんだ」

そのまま彼は駆けだした。エレベーターを降り、ロビーを走りぬけて車寄せに止めてあったタクシーに乗り込む。

私はジュン君の一連の行動をただ、ポカンとして見守り、彼に連れられて走っていた。

まだ営業していない「銀塩シネマ」で二人、シートに座っていた。

手を引かれるままここに来てしまったわけだけど、私は何をどうしていいのか分からない。それはきっとジュン君も同じで、わずかに青みがかったスクリーンに見下ろされるような格好で二人、流れてもいない映画を見るように息をひそめて黙っていた。

「……僕、余計な事しましたか」

しばしたってから、ジュン君がポツンと尋ねた。私は首を横に振る。

「シホさんと話したくて、思い切って大学に訪ねて行ったんです。それで……シホさんを探してたらエミさんって人に会って、教えてもらいました。あの子今日、ちょっとヤバい男の告白を『ごめんなさい』するつもりだよ、気になるなら行ってやって。って」

「……そう、なんだ」

思考が追いつかなくて、うまく会話ができなかった。確かにエミちゃんには今日のことをあらかじめ打ち明けていたし「なんかヤバい気がするから付き添おうか?」と言ってもらっていた。私は一対一で話したくて、それを断った。

「僕、これから頑張ります」

「え」

「これから頑張ってザギンやギロッポンを勉強してあなたにふさわしい男になろうと思います」

私のことをバブリー体質だと勘違いしているジュン君はそんな風に、方向性のおかしな宣言をする。

「ボディコン着てる子、嫌いじゃないの？」

「苦手です。でも、その、えっと……シホさんのことは、好きです」

消え入りそうな声でジュン君はそう言った。仕立てのいいスーツに完全に着られていて、すぐにうつむいてしまって……だけどジュン君は、私よりまっすぐだ。

いつまでたってもボディコンは借り物みたいで、ひとが渦《うず》を巻いている東京で流されてしまいそうになるから必死で踏ん張ろうとするけど、意思が弱くて全然うまくいかない。

そんな私よりも、ずっと。

「これ、読んでくれますか。私の正直な気持ちです」

私はハンドバッグから一通の手紙を取り出した。住所はこの銀塩シネマのもので、宛名《あてな》は『ジュン君へ』、60円切手も貼ってある。本当はこのあと、ポストに入れるつもりだったものだ。もう会えないと思って、それでもジュン君に最後に言いたかったこと。手紙の内容は今でも覚えている。

『ジュン君、たくさん嘘をついてごめんなさい。

この間の私の姿、びっくりしたと思います。本当は私、週末はジュン君の大嫌いなボディコンを着てディスコで踊っています。最初は友達に誘われて、だったけど別世界みたいで楽しかった。それは紛《まぎ》れもない事実です。最近はそのせいで、大学の授業中もアクビをかみ殺しています。ジュンくんについた嘘はそれだけじゃなくて、本当言うと、キューブリックの良さは分かりません。『2001年宇宙の旅』は何が起こってるのか分からなくてレンタル代を返せと思いました。でも映画が好きなのと翻訳《ほんやく》をやりたいのは本当で、ジュン君と話すと楽しかったのも本当です。なにもない村から映画が好きで上京したはずなのに、背伸びばかりして、ちやほやされると断れなくて……でもやっぱりちゃんと勉強して夢をかなえたいと思えたのはあなたのおかげです。ありがとう。私、今日いろんな事にけじめをつけるつもりです。それからまた頑張ります。翻訳が仕事にできるかは分からないけど、いつか、ジュン君が買い付けた映画を訳せたらいいのにな。銀塩シネマで古い映画を見ているとき、私は自分が自分に戻れる気がしました。初めて映画館に行ったとき、夏なのにピンク色のセーターを着てたのを覚えてますか？　あれは私が上京してきたときに着ていた服装と同じです。あそこに行くとなんだか心と体がしっくりきて、初めて東京駅に降り立った時の自分を取り戻せる気がしました。ジュン君に会えるのもすごく楽しみでした。信じてもらえないかもしれないけど、それだけは本当の本当に、本当です。体に気を付けて、評論の続きを頑張ってね。志穂《しほ》』

とっくに読み終えてもしばらくの間、ジュン君は何度も何度も、黒目を左右に動かして文面を追いかけていた。

「……ジュン君？」

「あ、ごめんなさい。女性から手紙をもらったのが初めてなので、つい」

膝の上で丁寧《ていねい》に便せんをたたみ直して大切に握りしめ、ジュン君はじっと、私を見た。

「シホさん。僕もいろいろと、あなたに嘘をつきました」

しっかりと声を張って、初めてじゃないかというほど長く強く、私と目を合わせた。無人の映画館に、ジュン君の声はよく響いた。

「まず本名。僕はジュンじゃなくて大藤惣五郎《そうごろう》です」

「そうごろう」

あまりにもごつい響きだったので、口の中で反芻《はんすう》してみる。違和感がすさまじい。

「はい。この名前似合ってないし、大学でからかわれるから大嫌いで。北海道出身のシゲさんが『北の国から』の純《じゅん》に似てるからって、勝手にジュンって呼び始めたんですけど、なんだか気に入ってしまって、最近は友達にもジュンって呼ばせてるんです」

確かに似ている。さだまさしの歌が脳裏《のうり》を哀愁《あいしゅう》たっぷりに流れていった。

「あと……評論が書けてないって言ったの、あれも嘘です。とっくに仕上がってます。シホさんと一緒に映画が見たいから……というか、映画を見てるシホさんが見たいから、できてないことにしてました。あなたの横顔を見てると……ドキドキしたんです」

ジュン君がそう告白したとき、カツンと小さく、耳慣れた音がした。

照明が落とされて、いつかと同じように突然、映画がはじまる。

やっぱり脈絡なく、白黒映画のワンシーンがぶつ切りでスクリーンに映し出された。今度は濃厚なベッドシーンじゃない。男女が手をつないで、古き良きアメリカ（たぶん）の街並みをオープンカーで駆けている。

「また映写トラブル？　いや、そもそも今営業してないのに……最近シゲさんどうしちゃったんだろう」

鈍いジュン君は気づいていないけど、私はなんとなく気付いた。御年70のベテラン映写技師シゲさんは、きっとこんなミスはしない。彼は私たちがここにいるのを知って、気をきかせてこの映画をかけている。

「また、ここに来てもいいですか」

無音のスクリーンの中で、ネッカチーフを頭に巻いた女優が、ハンドルを握る恋人にキスをする。恋人は慣れていないのか、うろたえていた。キスは恥ずかしいから、私にはとてもできない。でも思い切って、手を握った。ジュン君は肩を跳ね上げて、首まで赤くしながら、眉尻《まゆじり》を下げて笑った。

「はい。待ってます」


以上が1988年の春と初夏、私に起こった出来事である。

それから結局、アキ君は私に連絡してこなかった。あの後明らかになったことだけど、ジュン君の実家は名古屋《なごや》にいくつも劇場や映画館をもっている「帝藤芸能」という一大興行グループの創業者筋で、当時は東京に進出した直後、まさに飛ぶ鳥を落とす勢いだったらしい。ジュン君はおひざ元である愛知の片田舎《かたいなか》で育ったけど、一応跡取り息子という立場だった。取引先の御曹司《おんぞうし》なので、アキ君も無礼は働けなかったというわけだ。

行動力の塊《かたまり》であるエミちゃんは夏休みだからという理由で突然留学に行ってしまい、しかもそのまま帰ってこなくて、私のバブリー生活はそれであっけなく幕を閉じた。成績のほうは中空飛行だったけど大学を卒業して、売れっ子には程遠いけど在宅で翻訳の手伝いのようなことをしている。

今、私は産婦人科のベッドの上にいる。妊娠中になんとなく暇で、昔見た映画や旅行の感想などを書き留めていたのだけれど。気づけばこのバブル手記が一番長くなってしまった。

四日前、とてもかわいい女の子が生まれた。

なかなか宿ってくれなかった埋め合わせでもするように、するりと労なく、助産師さんが驚くほど安産だった。まだ親子別室だけど、早く一緒に寝たりしてみたい。

名前は雪穂《ゆきほ》にしよう、と夫に言われたので、私は一も二もなくうなずいた。初めて私の実家に連れて行ったとき、豪雪に驚きつつも「この雪の中で志穂は育ったんだね」と感動してくれて、その縁でつけられた名前だ。「雪」ということは「北の国から」ともちょっと関連づいていて、私はこの名前が気に入っている。

あのあと数年でバブルは崩壊し、銀塩シネマはすぐにつぶれてしまった。帝藤芸能も時代の流れに取り残されるようにじわじわと事業を縮小しつつある。それでも若社長である夫は頑張っている。私たちは今でもふっと「あのミニシアターが懐かしいね」と口にする。これからは大型シネコンの時代だけど、それでもたまには、地方の小さな映画館に夫婦で足を運んでいた。しばらくは子育てで忙しいから、そんな時間もなさそうだけど。

平成生まれの私たちの娘。大切に育てようと思う。元気に生きてくれればそれだけでうれしいけど、出来れば優しい子になってほしい。ブームが再燃してボディコンが流行《はや》っても、着せない方針で教育しようと思う。

夫はまだ、雪穂の顔を見ていない。仕事で海外に行っていて、明日帰ってくる。本当に楽しみだ。安産とはいえども分娩《ぶんべん》は痛すぎてキツすぎて地獄でロマンも何もなかったけれど。好きな人に好きな人の子供を見てもらうのは、純粋にうれしい。

ああ、なんだか眠くなってきた。次の授乳の時間まで、少し寝ることにしよう。

次は妊娠中の記録も書き留めておかなくちゃ。

◆

お母さんの手記はそこで終わっていた。

いろいろありすぎて理解もツッコミも感動も何もかも追いつかない。

でも素直に『よかったね』と思った。

「はー……そっか。やっぱりジュン君だよね。大正解だよママ、フラグ折らなくて」

今は仕事がデキて人と会っても目なんか絶対そらさないパパにも、こんな時代があったのか。収まるべき所に収まってよかった。パパの会社、その後ネット関係で当てて景気いいしね。それにあそこでバラ持って赤プリに突撃してくれなかったら、私も今頃生まれてないわけで。

カタリと音がしたので振り向く。ママがスプラッター映画のヒロインもかくやという表情で、顔を両手で覆《おお》っていた。

「いやああああ！」

まさにジェイソンでも目の前にしたかのような叫び声をあげて、私の手からノートを奪い取る。

「ゆ、ゆ、ゆ、雪穂、あああああなたこれ読んだの？　そそそそれにその格好は何なの？」

お母さんがこの世の終わりのように取り乱している理由は二つある。

一つは自分の日記を一人娘である私が盗み読んでいること。それにもう一つ。

「似合うでしょ？　明日の卒パ、この格好で出るんだ」

今その娘がボディコンを着ていることだろう。

私は大藤雪穂22歳。大学の卒業パーティーを明日に控えている。うちの大学では毎年ドレスコード……というかコスプレのテーマを決めてどんちゃん騒ぎをするのが慣例なのだ。今年のテーマは「バブル」……だから私は今、体にぴったりとフィットした原色バリバリのバブル・スタイルで決めている。ゴールドのチェーンでも合わせたいなと思って物置を漁《あさ》っていて、ママの手記を見つけたのだ。

「なんて格好してるの！　脱ぎなさい！　みったくない！」

お、方言が出た。

「一日くらいいいじゃん。それにママも昔は着てたんでしょ」

「やっぱり読んだのね！」

「読んじゃった。二人の男の間で揺れる18歳のママの心情を」

「お、親の古傷をえぐらないでちょうだい！」

「知ってる？　こういうのうちら世代の言葉で『黒歴史』っていうんだよ」

そんな会話をしていると、玄関ドアのあく音がした。パパだ。

「ただいま……うわあああああ！」

いたずら心で「お帰り！」と両手を広げて出迎えると、パパこと大藤惣五郎氏はカバンを投げ出してひっくり返った。

「し、志穂が若返ったのかと思った……いや、雪穂！　なんて格好をしてるんだ！　ボディコンなんて脱ぎなさい、はしたない！」

「この格好のママにバラ持って告白したくせに。似合わないアルマーニ着て」

にんまり笑って私が言うと、パパもジェイソン以下略みたいな顔になって叫んだ。

「何で知ってるんだい！　志穂話したの？」

やっぱり本当なんだ！

「あ、アレは日記じゃなくて小説です！　もうやめて二人とも！」

「え？　なんで志穂が慌ててるの？　どういうことなんだ一体」

二人とも、身も世もなく叫び始めた。

自分でたきつけておいてなんだけど面倒くさくなったので、私は自分の部屋に退散することにする。

「雪穂！　エミちゃんに卒業祝いのお礼しておきなさい、メールでもいいから！」

「はーい」

エミおばさんは、海外を飛び回ってよく分からない仕事をしているママの友達だ。いつも入学祝いや卒業祝いを奮発してくれる人で、パパのコネなしで就職を決めた時には「すごいじゃん」と私がずっと欲しがっていた一眼レフのカメラを買ってくれた。

部屋に入ってからも聞き耳を立てていると、玄関のほうからぼそぼそと会話が聞こえた。

「雪穂、ど、どうしてもう……あの子は……ジュン君、大丈夫？　あなた腰悪いのに」

「その呼び方も久しぶりだな」

「あ、ごめんなさい。つい当時を思い出して」

「懐かしいね。僕もボディコンの雪穂見たら昔の志穂を思い出したよ。綺麗《きれい》だったな。今だってかわいいけど」

「……やだ、やめて」

父親と母親がイチャイチャし始めた。き、聞いてられない。

「そういえばシゲさんのお誕生日会、どうだった？」

「元気だったよ。もう百歳なのに、まったくあの頃と変わらないんだ。あのままずっと生きてそうな気がする」

「大正から数えて、年号を四つも股《また》にかけるのね。長生きしてほしいわ」

すご！　神田の映写技師のおじいちゃん生きてるの？

ていうか百歳って。本当に置物か妖怪なんじゃないだろうか。

明日着ていくボディコンを脱いで、丁寧《ていねい》にハンガーにかけた。

ママが言ってた通り、この春には元号が変わるらしい。

私は平成生まれの平成育ちで、だからまだちょっと、実感がない。平成はあくまで平成でそれ以上でもそれ以下でもない、って感じがする。けどそのうち私も新時代生まれの子供とか作ったりするんだろうか。

いや、高二の夏から五年以上彼氏がいないんだけど。

でも人生なにがあるか分からない、案外２０２０年生まれの五輪ベビーをサックリ産んじゃったりとかするかもしれない。

明日は明日の風が吹く。

とにかく明日の私は、ジュリ扇《せん》でブイブイいわせて踊るんだ。

ふらっと足を踏み入れた映画館で伴侶《はんりょ》に出会うみたいに、もしかしたら素敵な出会いが降ったりするかもしれない。

だから今日は早く寝ようっと。

なんだか今晩は、バブル時代の夢を見そうな気がする。

※当アンソロジーは昭和を舞台にしているため、現在では使用しない当時の用語が出てくる場合があります。

※この作品はフィクションです。実在の人物・団体・事件などにはいっさい関係ありません。

集英社オレンジ文庫をお買い上げいただき、ありがとうございます。
ご意見・ご感想をお待ちしております。

●あて先
〒101-8050　東京都千代田区一ツ橋2-5-10
集英社オレンジ文庫編集部 気付
ゆきた志旗先生／ひずき優先生／一穂ミチ先生／
相羽　鈴先生

昭和ララバイ

昭和小説アンソロジー

集英社
オレンジ文庫

2019年4月24日　第1刷発行

著　者　ゆきた志旗
　　　　ひずき優
　　　　一穂ミチ
　　　　相羽　鈴
発行者　北畠輝幸
発行所　株式会社集英社
　　　　〒101-8050東京都千代田区一ツ橋2-5-10
　　　　電話【編集部】03-3230-6352
　　　　　　【読者係】03-3230-6080
　　　　　　【販売部】03-3230-6393（書店専用）
印刷所　株式会社美松堂／中央精版印刷株式会社

※定価はカバーに表示してあります

Printed in Japan
ISBN 978-4-08-680249-9 C0193

集英社オレンジ文庫

個性派作家が豪華競演のアンソロジー

前田珠子・桑原水菜・響野夏菜・山本 瑤・丸木文華・相川 真

美酒処 ほろよい亭
日本酒小説アンソロジー

現代の川中島合戦や日本酒好きの父の無茶振りに応えて奔走する娘など、人生の「酔」を集めた珠玉の全6献。

今野緒雪・岩本 薫・我鳥彩子・はるおかりの・櫻川さなぎ

秘密のチョコレート
チョコレート小説アンソロジー

内気な少女が憧れの彼のためにした一大決心から花魁が見つけた恋まで、甘くてほろ苦い秘密の5粒をどうぞ。

前田珠子・かたやま和華・毛利志生子・水島 忍・秋杜フユ

猫まみれの日々
猫小説アンソロジー

猫専用の洋裁店や元捨て猫の幸せな独白など、どこかにあるかもしれない猫と誰かの日々を描いた小説集。

青木祐子・阿部暁子・久賀理世・小湊悠貴・椹野道流

とっておきのおやつ。
5つのおやつアンソロジー

デザートブッフェ、たい焼き、フレンチトースト、プリンアラモード、あんみつ…甘いだけじゃない全5編。

谷 瑞恵・椹野道流・真堂 樹・梨沙・一穂ミチ

猫だまりの日々
猫小説アンソロジー

人生は悲喜もふもふ。かつての飼い猫に会えるホテル、死後に猫となり妻に飼われる男など笑顔と涙の物語。

谷 瑞恵・白川紺子・響野夏菜・松田志乃ぶ・希多美咲・一原みう

新釈 グリム童話
―めでたし、めでたし?―

グリム童話の舞台を現代に大胆アレンジ！　眠り姫、ヘンゼルとグレーテル、白雪姫ほか、必見の全6編！

好評発売中

【電子書籍版も配信中　詳しくはこちら→http://ebooks.shueisha.co.jp/orange/】